活用四字詞語的寫作課

編著 周淑屏

活用四字詞語的寫作課
編著／周淑屏
策劃編輯／周淑屏
編輯／王偉立
美術設計／劉碧雲
插圖／魏穎秀
出版發行／突破出版社
香港沙田亞公角山路33號突破青年村
電話：2632 0000　傳真：2632 0388
電郵：breakthrough@breakthrough.org.hk
網址：http://www.breakthrough.org.hk
http://www.btproduct.com
承印／喜製作有限公司
2015年7月初版1刷
2020年6月初版3刷

Words and Expressions
by Chow Suk Ping
First Printing, First Edition, July 2015
Third Printing, First Edition, June 2020

Printed in Hong Kong
ISBN 978-988-8246-68-7

本書經文取自《新標點和合本》，版權為香港聖經公會所有，承蒙允准採用，特此鳴謝。
誠邀閣下就突破出版社的書籍發表意見
歡迎加入突破書籍 Facebook page — http://www.facebook.com/btbooks.page
本書採用環保油墨印刷

人文價值

或坐在巨人的肩膀上，或呷一口書香，讓我們的生活漸次提升，讓眼界更見遼闊。

目錄

一、精彩的敘事

二、細膩的描寫

三、感人的抒情

四、精闢的說理

前言

學生寫作時常會遇上的兩大難題，其一是如何構思適切的內容，其二是如何運用恰當的字詞、語句入文。對於解決第二個問題，語文科老師常會鼓勵學生多運用成語、四字詞等，有些熱心的老師甚至為學生蒐集了許多詞語，編印成一大疊資料，但學生面對這些資料仍是一籌莫展，不懂應用。

本書就記敍、描寫、抒情、論説等不同文體，以寫作課的氛圍、真實的教學例子簡介寫作這些文體需注意的地方，分別搜羅共近 1000 個四字詞語，列明解釋、用法，且列舉範文供學生參考。為提高學生的學習興趣，更加入了有趣的詞語運用遊戲，讓學生可以輕鬆學習、易於掌握，進而提升寫作表現。

常有家長問我怎樣令孩子喜歡看書，尤其是有關中國文化的。有趣的詞語運用遊戲不就是一個很好的啟發嗎？孩子們喜歡小動物、喜歡聽故事、喜歡玩遊戲，就由他們喜歡的事物作切入點，譬如和他們玩與動物有關的四字詞語遊戲，比賽誰找得最快最多，或由成語故事引入古人的世界，讓他們認識中國歷史、文化、文學。如果家長也重視身教，身體力行地和孩子們一起閱讀、一起遊戲，那就是最佳的親子活動了。如果家長都能夠這樣做，還需要擔心孩子不喜歡閱讀、對本國歷史、文化沒興趣嗎？

周淑屏

秀色可餐
相貌堂堂
啞然失笑炯炯有神
百步穿楊
捧腹大笑
伶牙俐齒

一

精彩的敍事

除了星期一至五要到香港、九龍、新界、離島的中、小學教授寫作班以外，自 2005 年起，逢星期六我都在自己的工作室中教授小組形式的寫作班，上午是小學班，下午是中學班。十年下來，許多原本是小學班的學生都升上中學班了，其中有四個，更是小學二、三年級已經在這兒上課，現在是中四、中五的學生了。

這四個在這裏待上了最少七年的學生，分別是現在讀中四的樂曦、志泫和中五的樂行、嘉欣，其中樂行和樂曦還是兩兄妹。這四個學生對將要考文憑試特別緊張，對有「死亡之卷」之稱的中文科，更感到如臨大敵，他們的父母於是請我在星期六的黃昏，為他們開一個特別班，為他們「惡補」一下。

上了一星期的課，到了星期六，他們都相當疲累了，所以我希望在這「惡補班」的最初六至八課中，安排一些較輕鬆的課堂，甚至是和他們玩玩遊戲，以期引發他們學習語文的興趣。我為他們預備的首幾堂課堂內容，都是和成語或四字詞語有關的，也有一些成語遊戲，希望可以令到這每星期兩小時的課堂不至於沉悶。

在「惡補班」的第一課中，我用了「引發動機」的方法啟導他們。

「你們知道明天是什麼日子嗎？」我問。

「情人節？」愛胡扯的志泫答。

「情人節在八月？」我反問。

「愚人節？」樂曦也加入起哄。

「現在是八月，已過了那個為你們慶祝的節日了吧？」我沒好氣。

「我知道了，明天是文憑試放榜的日子！」還是樂行有做哥哥的風範，他一本正經地回答。

「對了，又到學生文憑試放榜的日子，這段日子，作為學生甚至家長，相信都十分緊張吧？」我說。

「我該到明年才需要緊張！」嘉欣搶着說。

「我還要遲一些，該到後年才需要緊張。」志泫也說。

「可是，我們也該為文憑試積極準備了哦！」樂行說。

「我們現在可不是正為準備文憑試而參加這惡補班嗎？對了，老師為什麼跟我們說起文憑試放榜？」樂曦問。

「這當然因為老師有故事要說了。」志泫自作聰明。

「應該是老師有『教』要說了。」樂曦說。

「既然你們這麼明白事理，那我就不避長篇大論，開始說教了。」我笑着說。

於是，我便向他們說故事，也說起教來。

◆ ◆

在我教的寫作班學生中，沒有今年考文憑試的，回想過去兩年，文憑試放榜的那天，我都大清早被學生的電話吵醒了，電話那邊，學生劈頭大叫一聲：「周老師，我在作文科考到了五星星的成績！」

相信沒人會認為我在賣廣告的吧？因為我認為他們之所以取得好成績，九成由於他們自己付出的努力，其中一位的成功經過，很值得作為學生、家長的參考，甚至作為成年人或我自己行事為人的借鑑。

這個學生是和她的姐姐、妹妹一起來參加寫作班的，三姊妹中，以讀中五的大姐作文水平較好，字體亦較整齊可讀，而字寫得最差的，則首推這個當時讀中四的學生。在最初教她的那個月裏，無論我多努力去辨認，也只能看清兩、三成她的作文中的字（需知道我是做了許多年編輯，辨認過無數大作家的「狂草」的），於是總是念叨她說：「連看也看不到你寫什麼，怎麼給你評分呢？」

她的姐姐在參加寫作班時，已距離考文憑試沒多少日子，我又不擅長教速成班，所以幫到的不多。在文憑試放榜後不久，我問她的姐姐的成績怎樣，她沉着臉回答：「她中、英文科的成績也不大好，不能升大學了，暫時去了時裝連鎖店當售貨員。」在我還未想到怎樣反應時，她一臉嚴肅的對我說：「周老師，我知道自己的語文水平很差，但我不想像姐姐那樣，我一定要升讀大學，你可以幫我嗎？」

自那一課起，原本上課時愛和妹妹聊天的她不再聊天，且在一個月內勤於練寫字，讓我終於可以毫不吃力地看到她的作文中的每一個字。在她身上，我看到成語「前車可鑑」和諺語「知恥近乎勇」的真義，更看到她的勤奮幾乎可以與什麼「焚膏繼晷」、「懸樑刺股」等同。值得學習的是她立志不重蹈姐姐覆轍的決心，且勇於向人求助。她向我求助且在我面前立志，等於接受我的監察、鞭策，但亦會有我的同行、鼓勵，是很聰明的做法。

立志之後，她不是就放軟手腳，兩個月之後，為她評改文章時，我發現她的文筆通順了很多，沒再出現很多廣東話口語，連語病也少了。問她原因，她答是這陣子專誠上國內學生的聊天室找人聊天，為的就是糾正作文中很多廣東話口語的毛病。到她升上中五時，我發現她寫的議論文進步了不少，不單寫得很有條理，而且用的四字詞十分恰當，提升了文章的表現。她告訴我箇中原因是她每天乘車上課下課時也拿四字詞表來背，至今已熟背了六、七百個。這字表是她的中文科老師為他們一班預備的，但同學們拿到後都束之高閣，只有她沒白費老師的心血。

後來，這個學生寫的評論文章我相信寄到報章的評論版也會獲得刊登的，她亦如願進了大學，修讀新聞系。她強烈的企圖心、勇於立志，獲益於前車之鑑又勇於改過，且不羞於尋求幫助、尋得同路人支持，更將改變的努力融入到現實生活的細節中，躬行實踐，終於得到成功。

· ◆ · ◆ ·

聽完故事與説教，幸好他們沒有睡着，其中一個還懂「掙扎」。

「老師，這些教訓可是知易行難啊！」志泫最愛練精學懶。

「每天乘車上課下課時也拿四字詞表來背不算很難吧！」還是樂行最有上進心，孺子可教！

「那也不能胡亂背誦呀！老師，我們該從哪一類四字詞開始？」嘉欣問。

「該由玩成語遊戲開始，玩遊戲最好！」樂曦雀躍地說。

「好啊！」志泫附和，他說起玩便精神抖擻，「我們來玩『成語之最』遊戲，你知道代表最有分量的話的是哪個成語？有着最昂貴的稿費的意思的又是哪個成語嗎？」

「我知道！有着最昂貴的稿費的意思的是『一字千金』，至於最有分量的話嘛，那是……」樂曦搜索枯腸地想答案。

「最冰雪聰明的我猜到了，那是『一言九鼎』對不對？」嘉欣搶答。

「你們不要只顧着玩吧！先聽聽老師怎麼說！」還是樂行明白事理。

「玩成語遊戲的確可以引起學習興趣，但我們還是先學習，一會再玩吧！」我說。

「那麼從何學起呢？」志泫問。

「從你們認為最容易寫的記敘文開始吧！」我答。

「好啊！由記敘文開始。今個星期的作文家課題是『在地鐵車廂中發生的一件小事』，我正茫無頭緒哩！」樂曦說。

「這不容易？寫寫年輕人讓座給老人家、自由行人士與港女爭座位不就行了？」嘉欣搶答。

「嘉欣的提議也不錯，但寫的時候，記着要緊扣題目『在地鐵車廂中』，可以先描述車廂中的環境氣氛，帶出事情發生的時、地、人。至於寫人方面，人是事的中心，將事件主角的樣貌、表情、動作、説話等寫好，有助將事情的經過寫得更精彩……」我娓娓道來。

「可是，老師，雖然很多同學覺得寫記敍文很容易，但我覺得將事情的經過寫得精彩卻是很難，這有什麼竅門嗎？」好學的樂行問。

「竅門是有的，其中一個，是活用四字詞語，就以嘉欣説的年輕人讓座給老人家為例，恰當地運用四字詞語描述老人家的外表、老態等，能夠有助更生動地敍述事件。」我説。

「這樣可以嗎？用白髮蒼蒼、滿臉皺紋、佝僂着背、步履蹣跚等四字詞去描寫老人家……」樂行説。

「如果由我去寫，我更會用活力充沛、精神奕奕、健步如飛等四字詞形容那讓座的青年，好和老人家作個對比……」嘉欣説。

「也可以用袖手旁觀、視若無睹、無動於衷等詞寫其他不肯讓座的人，這是老師教的烘托手法。」志泫説。

「你們説的都對，別忘了寫年輕人讓座時與老人的對話，自己對此事的感受、反省時，也可以用合適的詞語。以下，我會為你們介紹一下這方面的四字詞，讓你們好好學習，還有，下課前我會預留十分鐘給你們玩『成語之最』遊戲。」我說。

「太好了！」他們聽了大叫。

大家嘗試運用以下的
四字詞來形容人物吧！

人物描寫——肖像、語言描寫

（四字詞語下附有解釋，亦多數列舉了古今文學作品中的使用範例，供讀者參考。）

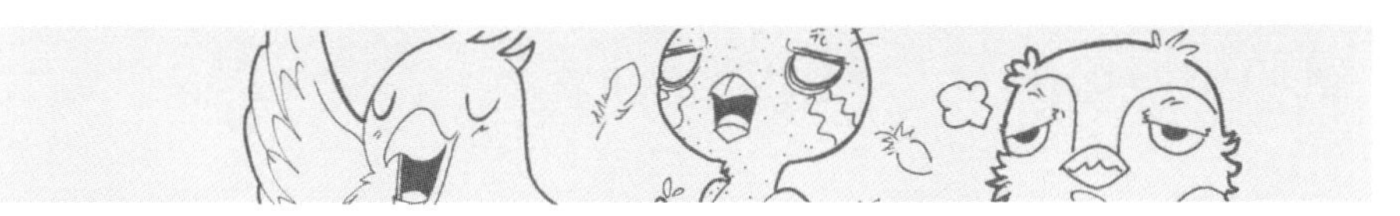

肖像描寫

1. 外表

濃眉大眼

指又黑又密的眉毛，大大的眼睛，形容眉目有神的人，也可形容人的長相帶粗獷豪邁。

清・吳趼人《二十年目睹之怪現狀》第三十三回：「只見裏面一個濃眉大眼的黑面肥胖婦人，穿着一件黑夏布小衣，兩袖勒得高高的，膊肘子也露了出來。」

閉月羞花

閉：藏。女子樣貌美得使月亮躲藏，使花兒羞慚，形容女子容貌美麗。

元・王子一《誤入桃源》第四折：「引動這撩雲撥雨心，想起那閉月羞花貌，撇的似繞朱門燕子尋巢。」

賊眉鼠眼

形容神情鬼鬼祟祟。

冰肌玉骨

冰：晶瑩。肌骨如同冰玉一般，形容女子肌膚瑩潔光滑。

宋・蘇軾〈洞仙歌〉：「冰肌玉骨，自清涼無汗。」

粉白黛黑

泛指女子的妝飾，比喻美人。

戰國楚・屈原《楚辭・大招》：「粉白黛黑，施芳澤只。」

霧鬢風鬟

鬢：臉旁靠近耳朵的頭髮；鬟：環形髮髻。形容女子頭髮的美，也用以形容女子頭髮蓬鬆散亂。

宋．蘇軾〈題毛女真〉：「霧鬢風鬟木葉衣，山川良是昔人非。」宋．范成大〈新作景亭程詠之提刑賦詩次其韻〉：「花邊霧鬢風鬟滿，酒畔雲衣月扇香。」

面如土色

臉色呈灰白色，形容驚恐之極。

明．馮夢龍《警世通言．俞仲舉題詩遇上皇》：「關聯主：『孫婆只道被俞良所告，驚得面如土色。』」

蓬頭歷齒

頭髮蓬亂，牙齒稀疏，形容人衰老的容貌。

戰國楚．宋玉〈登徒子好色賦〉：「其妻蓬頭攣耳，齞脣歷齒。」

慈眉善目

形容人的容貌一副善良的樣子。

一表人才

表：指外貌，形容人容貌俊秀端正。

元．關漢卿《望江亭中秋切鱠》第一折：「夫人，放着你這一表人才，怕沒有中意的丈夫？」

秀色可餐

秀色：美女姿容或自然美景；餐：吃。原形容婦女美貌，後也形容景物秀麗。

晉·陸機〈日出東南隅行〉：「鮮膚一何潤，秀色若可餐。」

眉清目秀

形容人容貌清秀不俗氣。

元·李直夫《合同文學》第一折：「有個小孩喚做安住，今年三歲，生的眉清目秀，是好一個孩兒也。」

冰清玉潔

像冰那樣清澈透明，像玉那樣潔白無瑕，比喻人的操行純正（多用於女子）。

漢·司馬遷〈與摯伯陵書〉：「伏性伯陵材能絕人，高尚其志，以善厥身，冰清玉潔，不以細行……。」

面紅耳赤

臉和耳朵都紅了，形容因激動或羞慚而臉色發紅。

《朱子語類》卷二十九：「今人有些小利害，便至於頭紅耳赤；子文卻三仕三已，略無喜慍。」

披頭散髮

頭髮長而散亂，形容儀容不整。

明·施耐庵《水滸傳》第二十二回：「那張三又挑唆閻婆去廳上披頭散髮來告道：『宋江實是宋清隱藏在家，不令出官。相公如何不與老身做主去拿宋江。』」

高大魁梧

形容人的身軀偉岸、容貌氣度非凡。

《史記．留侯世家》:「余以為其人計魁梧奇偉，至見其圖，狀貌如婦人好女。」

美如冠玉

原比喻外表好看，後形容男子長相漂亮。

《史記．陳丞相世家》:「平雖美丈夫，如冠玉耳，其中未必有也。」

道貌岸然

指神態嚴肅，一本正經的樣子。

婀娜多姿

形容姿態柔和而美好。

古樂府〈孔雀東南飛〉:「婀娜隨風傳，金車玉作輪。」

短小精悍

形容人身軀短小，精明強悍，也形容文章或發言簡短而有力。

《史記．遊俠列傳》:「解為人短小精悍，不飲酒。」

蓬頭垢面

頭髮蓬亂，臉上很髒。舊時形容貧苦人生活條件很壞的樣子，也泛指外貌沒有修飾。

《魏書．封軌傳》:「君子整其衣冠，尊其瞻視，何必蓬頭垢面，然後為賢。」

腸肥腦滿

形容不勞而獲的人吃得飽飽的，養得胖胖的。

《北齊書．琅邪王儼傳》：「琅邪王年少，腸肥腦滿，輕為舉措。」

器宇軒昂

形容人精力充沛，風度不凡。

明．羅貫中《三國演義》第四十三回：「張昭等見孔明豐神飄灑，器宇軒昂，料到此人必來遊說。」

風度翩翩

風度：風采氣度，指美好的舉止姿態。翩翩：文雅的樣子。形容舉止文雅優美。

《史記．平原君列傳》：「平原君，翩翩濁世之佳公子也。」

大腹便便

形容肥胖的樣子。

《後漢書．邊韶傳》：「邊孝先，腹便便。」

容光煥發

容光：臉上的光彩；煥發：光彩四射的樣子。形容身體好，精神飽滿。

明眸皓齒

明亮的眼睛，潔白的牙齒，形容女子容貌美麗。

三國魏．曹植〈洛神賦〉：「丹唇外朗，皓齒內鮮，明眸善睞，靨輔承權。」

傅粉施朱

搽粉抹胭脂，泛指修飾打扮。

北齊・顏之推《顏氏家訓・勉學》:「無不熏衣剃面，傅粉施朱。」

鶴髮雞皮

頭髮蒼白，皮膚發皺，指老人。

北周・庾信〈竹杖賦〉:「子老矣，鶴髮雞皮，蓬頭歷齒。」

面有菜色

形容因飢餓而顯得營養不良的樣子。

《禮記・王制》:「雖有凶旱水溢，民無菜色。」《荀子・富國》:「故禹十年水，湯七年旱，而天下無菜色者。」

銅筋鐵骨

如銅一樣的筋，如鐵一樣的骨，比喻十分健壯的身體，也指能負重任的人。

明・凌濛初《二刻拍案驚奇・韓侍郎婢作夫人》:「此時偶然坍將下來，若有人在牀時，便是銅筋鐵骨也壓死了。」

相貌堂堂

形容人的儀表端正魁梧。

明・吳承恩《西遊記》第五十四回:「御弟相貌堂堂，豐姿英俊，誠是天朝上國之男兒，南贍中華之人物。」

出水芙蓉

剛綻放的荷花，也用以形容天然美麗的女子。

南朝梁・鍾嶸《詩品》卷中：「謝詩如芙蓉出水，顏詩如錯彩鏤金。」

國色天香

原形容顏色和香氣不同於一般花卉的牡丹花，後來常用來形容女子的美麗。

亭亭玉立

亭亭：高聳直立的樣子，形容女子身材細長，也形容花木等形體挺拔。

明・張岱〈公祭祁夫人文〉：「一女英邁出羣，亭亭玉立。」

面黃肌瘦

臉色發黃，身體瘦削，形容人營養不良或有病的樣子。

元・無名氏《劉千病打獨角牛》第一折：「哥也，你這般面黃肌瘦，怎生羸的人也？」

囚首垢面

像監獄裏的犯人，好久沒有理髮和洗臉，形容不注意清潔、修飾。

《漢書・王莽傳上》：「莽侍疾，親嘗藥，亂首垢面，不解衣帶連月。」

骨瘦如柴

形容消瘦到極點。

宋・陸佃《埤雅・釋獸》：「瘦如豺。豺，柴也。豺體瘦，故謂之豺。」

愁眉苦臉

皺着眉頭，哭喪着臉，形容愁苦的神色。

嬉皮笑臉

形容嬉笑不嚴肅的樣子。

清・曹雪芹《紅樓夢》第三十回：「你見我和誰玩過！有和你素日嬉皮笑臉的那些姑娘們，你該問他們去！」

十指纖纖

十指：指雙手；纖纖：細巧。舊時形容婦女的手細巧而柔美，又作十指尖尖。

《古詩十九首・青青河畔草》：「娥娥紅粉妝，纖纖出素手。」

面如桃花

形容臉像桃花一樣紅豔美麗。

清・貪夢道人《彭公案》第一回：「耳墜金環，面如桃花，柳眉杏眼，皓齒朱唇。」

面目可憎

面貌神情卑陋，使人看了厭惡。

唐・韓愈〈送窮文〉：「凡所以使吾面目可憎，語言無味者，皆子之志也。」

油頭粉面

頭上擦油，臉上搽粉，形容人打扮得妖豔粗俗，也可形容男子浮誇不正經、油嘴滑舌。

元．鍾嗣成《罵玉郎過感恩採茶歌．四景》:「皓齒明眸，粉面油頭，點花牌，行酒令。」

面不改色

臉上神色不變。

元．秦簡夫《趙禮讓肥》第二折 :「我這虎頭寨上，但凡拿住的人呵，見了俺，喪膽亡魂，今朝拿住這廝，面不改色。」

身材苗條

身材瘦長好看，苗條也寫作「窈窕」。

《詩經．周南．關雎》:「關關雎鳩，在河之洲，窈窕淑女，君子好逑」。史達祖〈臨江仙〉:「草腳青回細膩，柳梢綠轉苗條。」

佝僂着背

腰背彎曲，駝背。

身強力壯

形容身體強壯有力。

明．吳承恩《西遊記》第二十一回 :「全憑着手疾眼快，必須要身強力壯。」

彪形大漢

彪：小老虎，比喻軀幹壯大；形容身材高大、結實的男子。

嫋嫋婷婷

嫋嫋：柔美貌；婷婷：美好貌；形容女子姿態柔美。

清·褚人獲《隋唐演義》第六十七回：「剛到山門，只見嫋嫋婷婷一行婦女，在巷道中走將進來。」

弱不禁風

禁：承受。形容身體嬌弱，連風吹都經受不起。

瘦骨嶙峋

形容人或動物消瘦露骨。

高雲覽《小城春秋》第十八章：「秀葦看見一個光着上身、瘦骨嶙峋的童工，提着一簸箕的泥灰，在一條懸空吊着的跳板上，吃力的走着。」

2. 衣着

穿紅戴綠

形容衣着鮮豔華麗。

明・馮夢龍《醒世恆言・錢秀才錯占鳳凰儔》:「那顏俊雖醜陋，最好妝扮，穿紅着綠，低聲強笑，自以為美。」

珠光寶氣

珠、寶：指首飾；光、氣：形容閃耀着光彩。舊時形容婦女服飾華貴富麗，閃耀着珍寶的光色。

花枝招展

形容打扮得十分豔麗。

清・曹雪芹《紅樓夢》第六十二回:「襲人等捧過茶來，才吃了一口，平兒也打扮的花枝招展的來了。」

不修邊幅

原形容隨隨便便，不拘小節，後形容不注意衣着或容貌的整潔。

《北齊書・顏之推傳》:「好飲酒，多任縱，不修邊幅。」

衣衫襤褸

襤褸：破爛，指衣服破破爛爛。

袒胸露臂

袒：裸露。敞開上衣，露出胳膊，指沒有修養和禮貌；也指女性衣着暴露不莊重。

清・褚人獲《隋唐演義》第三十七回：「遠遠望見一個長大漢子，草帽短衣，肩上背了行囊，袒胸露臂，忙忙的走來。」

衣不蔽體

蔽：遮蓋。衣服破爛，連身子都遮蓋不住，形容生活貧苦。

赤身露體

赤：光着。大部分身體或全身裸露。

明・羅貫中《三國演義》第八十四回：「耀武揚威，辱罵不絕；多有解衣卸甲，赤身裸體，或睡或坐。」

一絲不掛

原是佛教用來比喻人沒有一絲牽掛，後指人裸體。

3. 神態

神采奕奕

奕奕：精神煥發的樣子。形容精神飽滿，容光煥發。

炯炯有神

炯炯：明亮的樣子。形容人的眼睛明亮，很有精神。

明·李開先《閒居集·九·涇野呂亞卿傳》：「先生頭顱圓闊，體貌豐隆，海口童顏，輪耳方面，兩目炯炯有神，須雖整秀，異不多耳。」

平心靜氣

心情平和，態度冷靜。

清·曹雪芹《紅樓夢》第七十四回：「且平心靜氣，暗暗訪察，才能得這個實在；縱然訪不着，外人也不能知道。」

神氣活現

自以為了不起而顯出得意、傲慢的樣子。

興高采烈

興：原指志趣，後指興致；采：原指神采，後指精神；烈：旺盛。原指文章志趣高尚，言詞犀利，後多形容興致高，精神飽滿。

南朝梁·劉勰《文心雕龍·體性》：「步夜俊俠，故興高而采烈。」

嫣然一笑

嫣然：笑得很美的樣子（指女性）。

戰國楚·宋玉〈登徒子好色賦〉：「嫣然一笑，惑陽城，迷下蔡。」

捧腹大笑

用手捂住肚子大笑。捧腹，即用手捂住肚子。形容遇到極可笑之事，笑得不能抑制。

《史記·日者列傳》：「司馬季主捧腹大笑曰：『觀大夫類有道術者，今何言之陋也，何辭之野也！』」

忸怩作態

忸怩：羞慚的樣子。形容不自然、不大方，含羞做作的樣子。

巴金〈談《春》〉：「倘使小說不能作為我作戰的武器，我何必化那麼多的功夫轉彎抹角、忸怩作態，供人欣賞來換取作家的頭銜呢？」

神思恍惚

神思：精神、心緒；恍惚：神智不清。指心神不定，精神不集中。

元·楊顯之《瀟湘雨》第四折：「一者是心中不足，二者是神思恍惚，恰合眼父子相逢，正數說當年間阻，忽然的好夢驚回。」

怒氣衝天

怒氣衝上天空，形容憤怒到極點。

元·楊顯之《瀟湘雨》第四折：「我和他有甚恩情相顧戀，待不沙又怕背了這恩人面，只落的嗔嗔忿忿，傷心切齒，怒氣衝天。」

唉聲歎氣

因傷感鬱悶或悲痛而發出歎息的聲音。

明·凌濛初《二刻拍案驚奇》卷三十八：「終日價沒心沒想，哀聲歎氣。」

慌手慌腳

形容動作忙亂。

昂首挺胸

抬起頭，挺起胸膛。形容鬥志高，士氣旺。

垂頭喪氣

形容因失敗或不順利而情緒低落、萎靡不振的樣子。

唐．韓愈〈送窮文〉：「主人於是垂頭喪氣，上手稱謝。」

處之泰然

若無其事的樣子。形容處理事情沉着鎮定，也指對待問題毫不在意。

沉吟不決

形容人遇到難題時，自言自語地決定不下來。

三國．曹操〈秋胡行〉：「沉吟不決，遂上升天。」

局促不安

局促：拘束。形容舉止拘束，心中不安。

明．馮夢龍《東周列國志》第十二回：「昭公雖不治罪，心中怏怏，恩禮稍減於昔日。祭足亦覺踧踖不安，每每稱疾不朝。」

狐疑不決

傳説狐狸多疑，所以稱多疑叫狐疑。形容心裏疑惑，一時決定不下來。

《後漢書・劉表傳》:「表狐疑不斷，乃遣嵩詣操，觀望虛實。」

虎頭虎腦

形容壯健憨厚的樣子（多指兒童）。

神采飛揚

形容興奮得意，精神煥發的樣子。

丁玲〈夢珂〉:「她居然很能夠安逸的，高貴的，走過去握那少年導演的手，又用那神采飛揚的眼光去照顧一下全室的人。」

精神煥發

形容精神振作，情緒飽滿。

清・蒲松齡《聊齋志異・蓮香》:「生覺丹田火熱，精神煥發。」

全神貫注

貫注：集中。指全部精神集中在一點上，形容注意力高度集中。

畢恭畢敬

形容態度十分恭敬。

《詩經・小雅・小弁》:「維桑與梓，必恭敬止，靡瞻匪父，靡依匪母。」

笑容可掬

掬：雙手捧取。形容笑容滿面。

明．羅貫中《三國演義》第九十五回：「果見孔明坐於城樓之上，笑容可掬，焚香操琴。」

興致勃勃

興致：興趣；勃勃：旺盛的樣子。形容興致很高。

清．李汝珍《鏡花緣》第五十六回：「到了郡考，眾人以為緇氏必不肯去，誰知他還是興致勃勃道：『以天朝之大，豈無看文巨眼。』」

坐臥不安

坐着躺着都不安寧，形容因憂愁恐懼而不安的樣子。

明．施耐庵《水滸傳》第四十回：「自從哥哥吃官事，兄弟坐立不安，又無路可救。」

舉止失措

措：安放，放置。形容舉動失常，不知如何辦才好。

宋．莊季裕《雞肋編》下卷：「材上加契者，謂之足材，其規矩制度，皆以章契為祖。今人以舉止失措者，謂之失章失契，蓋謂此也。」

眉來眼去

形容用眉眼傳情。

宋．辛棄疾〈滿江紅．贛州席上呈太守陳季陵侍郎〉：「落日蒼茫，風才定，片帆無力。還記得眉來眼去，水光山色。」

大惑不解

感到非常迷惑，不能理解。

《莊子·天地》:「大惑者終身不解，大愚者終身不靈。」

驚慌失措

由於驚慌，一下子不知怎麼辦才好。

《北齊書·元暉業傳》:「孝友臨刑，驚慌失措，暉業神色自若。」

得意洋洋

形容稱心如意、沾沾自喜的樣子。

黯然神傷

指心情悲傷的樣子。

清·百一居士《壺天錄》:「女更黯然神傷，泫然流涕。」

遲疑不決

猶豫疑惑，不能決定。

《宋史·侯益傳》:「爾往至彼，如益來，即置勿問，苟遲疑不決，即以便宜從事。」《隋書·段文振傳》:「遲疑不決，非上策也。」

若有所思

若：好像。好像在思考着什麼。

唐·陳鴻《長恨傳》:「玉妃茫然退立，若有所思。」

勃然大怒

勃然：突然。突然變臉大發脾氣。

《漢書・穀永傳》：「是故皇天勃然發怒。」

滿面紅光

滿面：整個面部。形容心情舒暢，精神健旺的樣子。也作「滿臉紅光」。

清・李汝珍《鏡花緣》第三十二回：「舅兄今日滿面紅光，必有非常喜事，大約貨物定是十分得彩，我們又要暢飲喜酒了。」

和藹可親

態度溫和，容易接近。

清・李寶嘉《官場現形記》第二十九回：「原來這唐六軒唐觀察為人極其和藹可親，見了人總是笑嘻嘻的。」

聚精會神

會：集中。原指君臣協力，集思廣益。後形容精神高度集中。

漢・王褒〈聖主得賢臣頌〉：「聚精會神，相得益彰。」

悠然自得

悠然：閒適的樣子；自得：內心得意舒適。形容悠閒而舒適。

《晉書・苻堅載記・附王猛》：「自不參其神契，略不與交通，是以浮華之士鹹輕而笑之。猛悠然自得，不以屑懷。」

啞然失笑

失笑：忍不住地笑起來。

漢・趙曄《吳越春秋・越王無餘外傳》：「禹乃啞然而笑。」

談笑自若

自若：跟平常一樣。指能平靜地對待所發生的情況，説説笑笑，不改常態。

《三國志・吳書・甘寧傳》：「城中士眾皆懼，唯寧談笑自若。」《後漢書・孔融傳》：「融隱几讀書，談笑自若。」

毛骨悚然

悚然：害怕的樣子。指汗毛豎起，脊樑骨發冷，形容十分恐懼。

明・馮夢龍《東周列國志》第九十七回：「秦王聞之，不覺毛骨悚然。」

含情脈脈

飽含溫情，默默地用眼神表達自己的感情。常用以形容少女面對意中人稍帶嬌羞但又無限關切的表情。

唐・李德裕〈二芳叢賦〉：「一則含情脈脈，如有思而不得，類西施之容冶，眼紅羅之盛飾。」

洗耳恭聽

洗乾淨耳朵恭恭敬敬地聽別人講話，是請人講話時説的客氣話。

元・鄭廷玉《楚昭公》第四折：「請大王試説一遍，容小官洗耳恭聽。」

屏息凝神

屏住呼吸，聚精會神，形容十分專注。

《論語・鄉黨》：「攝齊升堂，鞠躬如也，屏氣似不息者。」《莊子・達生》：「用志不分，乃凝於神。」

大驚失色

非常害怕，臉色都變了。

《漢書・霍光傳》：「羣臣皆驚愕失色，莫敢發言。」

哭笑不得

哭也不好，笑也不好，形容很尷尬。

元・高安得《皮匠説謊》：「好一場惡一場，哭不得笑不得。」

瞠目結舌

瞪着眼睛説不出話來，形容窘困或驚呆的樣子。

沒精打采

形容精神不振，提不起勁頭。

清・曹雪芹《紅樓夢》第八十七回：「賈寶玉滿肚疑團，沒精打采的歸至怡紅院中。」

漫不經心

漫：隨便。隨隨便便，不放在心上。

怒氣衝衝

盛怒的樣子。

清・魏秀仁《花月痕》第十二回：「一手將煙燈砸在地下，說道：『好好，你們做了一路！』就怒氣衝衝的出來上車。」

自言自語

自己一個人低聲嘀咕。

元・無名氏《桃花女》第四折：「你這般鬼促促的，在這自言自語，莫不要出城去砍那桃樹嗎？」

張惶失措

張惶：慌張；失措：舉止失去常態。驚慌得不知怎麼辦才好。

清・采蘅子《蟲鳴漫錄》：「遍索新郎不得，闔家大噪，遠近尋覓，廩生與表妹亦張惶失措。」

若有所失

好像丟了什麼似的，形容心神不定的樣子，也形容心裏感到空虛、失落。

清・蒲松齡《聊齋志異・黃九郎》：「生邑邑若有所失，忘啜廢枕，日漸委悴。」

誠惶誠恐

非常小心謹慎以至達到害怕不安的程度。

漢・杜詩〈乞退郡疏〉：「奉職無效，久竊祿位，令功臣懷慍，誠惶誠恐。」

滿面春風

比喻人喜悅舒暢的表情，也形容和藹愉快的面容。

宋・程節齋〈沁園春〉：「滿面春風，一團和氣，髮露胸中書與詩。」

和顏悅色

臉色和靄喜悅，形容表情和善可親。

《論語・季氏》：「友便辟，友善柔、友便佞，損也。」邢昺疏：「善柔，謂面柔，和顏悅色以誘人者也。」

泰然自若

不以為意，神情如常，形容在緊急情況下沉着鎮定，不慌不亂。

忍俊不禁

忍俊：含笑；不禁：無法控制自己。指忍不住要發笑。

唐・趙璘《因話錄》卷五：「櫃初成，周戎時為吏部郎中，大書其上，戲作考詞狀：『當有千有萬，忍俊不禁，考上下。』」

目瞪口呆

形容因吃驚或害怕而發愣的樣子。

元・無名氏《賺蒯通》第一折：「嚇得項王目瞪口呆，動彈不得。」

將信將疑

將：且，又。有點相信，又有點懷疑。

唐・李華〈弔古戰場文〉：「人或有言，將信將疑。」

大驚小怪

形容對沒有什麼了不起的的事情過分驚訝。

宋．朱熹〈答林擇之〉：「須把此事做一平常事看，樸實頭做將去，久之自然見效，不必如此大驚小怪，起模畫樣也。」

冥思苦想

絞盡腦汁，苦思苦想。

愁眉不展

形容心事重重的樣子。

唐．姚鵠〈隨州獻李侍御〉之二：「舊隱每杯空竟夕，愁眉不展幾經春。」

半信半疑

有點相信，又有點懷疑，表示對真假是非不能肯定。

三國魏．嵇康〈答釋難宅無吉凶攝生論〉：「苟卜筮所以成相，虎可蔔而地可擇，何為半信而半不信耶？」

張口結舌

結舌：舌頭不能轉動，張着嘴說不出話來。形容理屈詞窮，或因緊張害怕而發愣。

幸災樂禍

幸：高興。指人缺乏善意，在別人遇到災禍時感到高興。

《左傳．僖公十四年》：「背施無親，幸災不仁。」又《左傳．莊公二十年》：「今王子頹歌舞不倦，樂禍也。」

神色自若

自若：如常，像原來的樣子。神情臉色毫無異樣，形容態度鎮靜。

南朝宋．劉義慶《世說新語．任誕》：「文王曰：『嗣宗毀頓如此，君不能共憂之，何謂？且有疾而飲酒食肉，固喪禮也。』籍飲啖不輟，神色自若。」

心平氣和

心情平靜，態度溫和。指不急躁，不生氣。

宋．蘇軾〈菜羹賦〉：「先生心平而氣和，故雖老而體胖。」

目光炯炯

炯炯：明亮的樣子。兩眼明亮有神。

清．葉廷琯《鷗陂漁話．葛蒼公傳》：「先達葛蒼公諱麟，號瞿庵，性敏多才，狀奇偉，目光炯炯有英氣，膽力過人。」

喜上眉梢

喜悅的心情從眉眼上表現出來。

清．文康《兒女英雄傳》第二十三回：「思索良久，得了主意，不覺喜上眉梢。」

悵然若失

像失去什麼似的煩惱不快，形容不如意、不痛快。

南朝宋．劉義慶《世說新語．雅量》：「殷悵然自失。」

心不在焉

心思不在這裏，指思想不集中。

《禮記．大學》:「心不在焉，視而不見，聽而不聞，食而不知其味。」

從容不迫

不慌不忙，沉着鎮定。

《舊唐書．劉世龍傳》:「而思禮以為得計，從容自若，嘗與相忤者，必引令枉誅。」

破涕為笑

涕：眼淚。一下子停止了哭泣，露出笑容，形容轉悲為喜。

晉．劉琨〈答盧堪書〉:「時相與舉觴對膝，破涕為笑。」

驚恐萬狀

形容害怕到了極點。

宋．陳亮〈謝楊解元啟〉:「憂患百罹而未艾，驚惶萬狀而莫支。」

橫眉冷對

意指認為自己處事正確，以無比堅定的表情、態度，冷淡對待別人的指責。

魯迅〈自嘲〉:「橫眉冷對千夫指，俯首甘為孺子牛。」

眉飛色舞

色：臉色。形容人得意興奮的樣子。

清．李寶嘉《官場現形記》第三十二回：「余藎臣一聽『明保』二字，正是他心上最為關切之事，不禁眉飛色舞。」

雙目如潭

潭水清澈無比，比喻雙目清澈。

若無其事

像沒有那回事一樣，形容遇事沉着鎮定或不把事情放在心上。

火眼金睛

原指《西遊記》中孫悟空能識別妖魔鬼怪的眼睛，後用以形容人的眼光鋭利，能夠識別真偽。

元．楊景賢《西遊記雜劇》第三本第九出：「這廝瞞神唬鬼，銅筋鐵骨，火眼金睛。」

妙語連珠

連珠：串珠。巧妙風趣的話一句接一句。

娓娓動聽

形容善於講話，使人喜歡聽。

清．曾樸《孽海花》第三十四回：「就把英語來對答，倒也説得清脆悠揚，娓娓動聽。」

唇槍舌劍

舌如劍，唇像槍，形容辯論激烈，言詞鋒利，像槍劍交鋒一樣，各不相讓。

元・高文秀《澠池會》第一折：「憑着我唇槍舌劍定江山，見如今河清海晏，黎庶寬安。」

口若懸河

講起話來滔滔不絕，像瀑布般不停地奔流傾瀉。形容能説會辯，説個沒完。

南朝宋・劉義慶《世説新語・賞譽》：「郭子玄語議如懸河瀉水，注而不竭。」唐・韓愈〈石鼓歌〉：「安能以此上論列，願借辯口如懸河。」

比手劃腳

比：比擬。形容説話時用手勢示意或加強語氣。

4. 言語描寫

半吞半吐

形容說話含糊不清，不直截了當。

清・袁枚《隨園詩話》第五卷：「仿王孟以為高，而半吞半吐者，謂之貧賤驕人。」

不知所云

不知道說的是什麼，形容說話內容混亂，令人無法理解。

三國蜀・諸葛亮〈出師表〉：「臨表涕泣，不知所云。」

不着邊際

多指說話空泛，不能切近實際。

明・施耐庵《水滸傳》第十九回：「何濤思想：在此不着邊際，怎生奈何！我須用自去走一遭。」

沉默寡言

不聲不響，很少說話。

出言不遜

說話驕傲無禮。

《三國志・魏書・張郃傳》：「郃快軍敗，出言不遜。」

出言無狀

說話放肆，沒有禮貌。

單刀直入

原比喻認定目標，勇猛精進，後比喻說話直接了當，不繞彎。

宋・釋道元《景德傳燈錄》卷十二：「若是作家戰將，便請單刀直入，更莫如何若何。」

低聲下氣

形容說話和態度謙卑恭順。

明・馮夢龍《醒世恆言・賣油郎獨佔花魁》：「更兼低聲下氣，送暖偷寒，逢其所喜，避其所諱。」

喋喋不休

嘮嘮叨叨，說個沒完。

《漢書・張釋之傳》：「夫絳侯、東陽侯稱為長者，此兩人言事曾不能出口，豈效此嗇夫喋喋利口捷給哉！」

東拉西扯

指說話條理紊亂，沒有中心。

清・曹雪芹《紅樓夢》：「更有一種可笑的，肚子裏原沒有什麼，東拉西扯，弄的牛鬼蛇神，還自以為博奧。

阿諛諂媚

阿諛：迎合別人的意思，向人討好；諂媚：巴結，奉承。說話做事迎合別人的心意，竭力向人討好。

明·馮夢龍《喻世明言·裴晉公義還原配》：「只是這幫阿諛諂媚的，要博相國歡喜，自然重價購買。」

惡聲惡氣

形容説話語氣兇狠，態度粗暴。

附耳低言

附：貼近。貼近別人的耳朵低聲説話，形容和對方密談要事。

明·天然癡叟《石點頭·侯官縣烈女殲仇》：「……遂附耳低言道：『這樁事，除非先如此如此，種下根基，等待他落入我套中，再與你商量後事。』」

拐彎抹角

原指沿着彎彎曲曲的路走，後比喻説話繞彎，不直截了當。

尖酸刻薄

説話帶刺，待人冷酷。

宋·陳摶〈心相篇〉：「愚魯人，説話尖酸刻薄。」

簡明扼要

指説話、寫文章簡單明瞭，能抓住要點。

結結巴巴

形容說話不流利。

老舍《駱駝祥子》:「結結巴巴的，他把昨夜晚的事說了一遍，雖然費力，可是說的不算不完全。」

噤若寒蟬

噤：閉口不作聲。像深秋的蟬那樣一聲不吭，比喻因害怕、有所顧慮而不敢說話。

《後漢書．杜密傳》:「劉勝位為大夫，見禮上賓，而知善不薦，聞惡無言，隱情惜己，自同寒蟬，此罪人也。」

井井有條

形容說話、辦事有條理。

《荀子．儒效》:「井井兮其有理也。」

字斟句酌

指寫文章或說話時慎重細致，一字一句地推敲琢磨。

清．紀昀《閱微草堂筆記》卷一:「宋儒積一生精力，字斟句酌，亦斷非漢儒所及。」

開門見山

比喻說話或寫文章直截了當，不拐彎抹角。

侃侃而談

理直氣壯、從容不迫地說話。

《論語・鄉黨》:「朝,與下大夫言,侃侃如也。」

口齒伶俐

口齒:說話、言談;伶俐:聰明,靈活。談吐伶俐,應付自如,形容口才好。

清・曹雪芹《紅樓夢》第三十三回:「寶玉素日雖然口角伶俐,此時一心卻為金釧兒感傷,恨不得也身亡命殞。」

口出大言

形容說話狂妄、誇大。

明・馮夢龍《東周列國志》第七回:「禦者見考叔口出大言,更不敢上前,且立住腳觀看。」

誇誇其談

形容說話浮誇不切實際。

清・吳敬梓《儒林外史》:「進了書房門,聽見楊執中誇誇而談,知道是他已來了,進去作揖,同坐下。」

理直氣壯

因為理由充分,說話的氣勢就壯大。

明・馮夢龍《古今小說》卷三十一:「便捉我到閻羅殿前,我也理直氣壯,不怕甚的。」

淋漓盡致

形容文章或說話表達得非常充分、透徹，或非常痛快。

明・李清《三垣筆記・崇禎補遺》:「(劉若愚)著《酌中志略》敍次大內規制井井，而所紀客氏、魏忠賢驕橫狀，亦淋漓盡致，其為史家必采無疑。」

伶牙俐齒

形容人機靈，很會說話。

元・吳昌齡《張天師斷風花雪月》第三折：「你休那恥便伶牙俐齒，調三斡四，說人好歹，許人曖昧，損人行止。」

令人噴飯

形容事情或說話十分可笑。

清・李汝珍《鏡花緣》第二回：「最令人噴飯的，那小耗子又要舞，又怕貓，躲躲藏藏，賊頭賊腦，任他裝出斯文樣子，終失不了偷油的身分。」

慢條斯理

原指說話做事有條有理，不慌不忙，後也形容說話做事慢騰騰，不夠快捷。

元・王實甫《西廂記》第三本第二折金聖歎批：「寫紅娘從張生邊來入閨中，慢條斯理，如在意如不在意。」

莫測高深

指處世的態度或說話、文章的內容高深，令人無法揣測。

《漢書．嚴延年傳》：「吏民莫能測其意深淺。」

呶呶不休

呶呶：形容說話嘮叨；休：停止。嘮嘮叨叨，說個不停。

唐．柳宗元〈答韋立論師道書〉：「豈可使呶呶者早暮咈吾耳，騷吾心。」

旁敲側擊

比喻說話、寫文章不從正面直接點明，而是從側面曲折地加以推測、抨擊。

清．吳趼人《二十年目睹之怪現狀》第二十回：「只不過不應該這樣旁敲側擊，應該要明亮亮的叫破了他。」

旁徵博引

旁：廣泛；徵：尋求；博：廣博；引：引證。指說話、寫文章時廣泛引用材料作為依據或例證。

魯迅《中國小說史略》第二十四篇：「史湘雲影陳維崧，寶釵、妙玉則從徐說，旁徵博引，用力甚勤。」

期期艾艾

形容口吃的人吐辭不清，說話不流利。

《史記．張丞相列傳》：「臣口不能言，然臣期期知其不可；陛下雖欲廢太子，臣期期不奉詔。」南朝宋．劉義慶《世說新語．言語》：「鄧艾口吃，語稱艾艾。」

竊竊私語

背地裏小聲說話，又作「切切私語」、「切切細語」。

唐·韓愈《順宗實錄·永貞五年》:「雖叛兩使事，未嘗以簿書為意，日引其黨屏人切切細語，謀奪官者兵，以制四海之命。」

輕描淡寫

原指繪畫時用淺淡的顏色輕輕地着筆，後多指說話或寫文章時把重要問題輕輕帶過。

清·吳趼人《二十年目睹之怪現狀》第四十八回:「臬台見他說得這等輕描淡寫，更是着急。」

三緘其口

緘：封。在他嘴上貼了三張封條，形容說話謹慎；現在也用來形容不肯或不敢開口說話。

漢·劉向《說苑·敬慎》:「孔子之周，觀於太廟，右階之前，有金人焉。三緘其口，而銘其背曰：『古之慎言人也，戒之哉，戒之哉！無多言，多言多敗。』」

澀於言論

形容說話遲鈍、不流暢。

《宋書·南郡王義宣傳》:「生而舌短，澀於言論。」

閃爍其辭

閃爍:光一閃一閃。形容說話吞吞吐吐，不肯透露真相或迴避重要問題。

清．紀昀《閱微草堂筆記》卷十五:「又詰婦縛傷，則雲搔破，其詞閃爍，疑乙語未必誣也。」

聲如洪鐘

洪：大。形容說話或歌唱的聲音洪亮，如同敲擊大鐘似的。

明．馮夢龍《東周列國志》第七十二回：「憶胥目如閃電，聲如洪鐘。」

聲色俱厲

聲色：說話時的聲音和臉色；厲：嚴厲。說話時聲音和臉色都很嚴厲。

《晉書．明帝紀》:「(王) 敦素以帝神武明略，大會百官而問溫嶠曰:『皇太子何以德稱？』聲色俱厲，必欲使有言。」

守口如瓶

守口：緊閉着嘴不講話。閉口不談，像瓶口塞緊了一般，形容說話謹慎，嚴守秘密。

宋．周密《癸辛雜識別集》下:「富鄭公有『守口如瓶，防意如城』之語。」

天花亂墜

傳說梁武帝時有個和尚講經，感動了上天，天上紛紛落下花來。形容說話有聲有色，極其動聽，多指說話誇張而不符合實際。

《心地觀經．序品》:「六欲諸天來供養，天華（花）亂墜遍虛空。」

頭頭是道

本為佛家語，指道無所不在，後多形容說話、做事很有條理。

《續傳燈錄・慧力洞源禪師》：「方知頭頭皆是道，法法本圓成。」

吞吞吐吐

想說但又不痛痛快快地說，形容說話有顧慮。

無的放矢

的：靶心；矢：箭。沒有目標亂射箭，比喻說話、做事沒有明確目的，或不切合實際。

清・梁啟超《中日交涉匯評》：「吾深望西國當局者聲明一言以解眾惑，如是，則吾本篇所論純為無的放矢，直拉雜摧燒。」

牙牙學語

形容嬰兒咿咿呀呀地學大人說話的神情。

唐・司空圖〈障車文〉：「二女則牙牙學語，五男則雁雁成行。」

言簡意賅

賅：完備。話不多，但意思精簡，形容說話或寫文章簡明扼要。

頤指氣使

頤指：動下巴示意，指揮別人；氣使：用神情氣色支使人。不說話而用面部表情示意，形容有權勢的人指揮別人的傲慢態度。

《資治通鑒・唐紀・昭宣帝天佑二年》：「見朝士，皆頤指氣使，旁若無人。」

鸚鵡學舌

鸚鵡學人説話，比喻聽別人怎麼説，便跟着怎麼説。

宋．釋道原《景德傳燈錄》卷二十八：「如鸚鵡只學人言，不得人意。」

油腔滑調

形容説話輕浮油滑，不誠懇，不嚴肅。

清．王士禎《師友詩傳錄》：「若不多讀書，多貫穿，而遽言性情，則開後學油腔滑調，信口成章之惡習矣。」

斬釘截鐵

形容説話或行動堅決果斷，毫不猶豫。

宋．釋道原《景德傳燈錄》卷十七：「師謂眾曰：『學佛法底人如斬釘截鐵始得時。』」《朱子全書．孟子》：「君來唯是孟子説得斬釘截鐵。」

支吾其詞

支吾：説話含混躲閃。指用含混的話搪塞應付，以掩蓋真實情況。

清．李寶嘉《官場現形記》第三十二回：「……見王小五子揭出他的短處，只得支吾其詞道：『他的差使本來要委的了。銀子是他該我的，如今他還我，並不是花了錢買差使的。』」

直截了當

形容説話、做事爽快、乾脆。

清．李汝珍《鏡花緣》第六十五回：「紫芝妹妹嘴雖利害，好在心口如一，直截了當，倒是一個極爽快的。」

直言不諱

諱：避忌。説話坦率，毫無顧忌。

《晉書・劉隗傳》:「臣鑒先征，竊唯今事，是以敢肆狂瞽，直言無諱。」

自相矛盾

矛：進攻敵人的刺擊武器；盾：保護自己的盾牌。比喻説話、做事前後互相抵觸。

《韓非子・難一》:「楚人有鬻盾與矛者，譽之曰:『吾盾之堅，莫之能陷也。』又譽其矛曰:『吾矛之利，於物無不陷也。』或曰:『以子之矛陷子之盾，何如？』其人勿能應也。」

自圓其説

圓：圓滿，周全。指説話的人能使自己的論點或謊話沒有漏洞。

清・李寶嘉《官場現形記》:「躊躇了半天，只得仰承憲意，自圓其説道：『職道的話原是一時愚昧之談，作不得准的。』」

笨嘴笨舌

説話表達能力很差，沒有口才。

周而復《上海的早晨》第一部:「馮永祥平時以能説會道出名於工商界的，現在卻變得好像是一個笨嘴笨舌的人了。」

沉厚寡言

樸實穩重，不愛多説話。

《舊五代史・梁書・末帝本紀上》:「美容儀，性沉厚寡言，雅好儒士。」

詞不達意

指言詞不能確切地表達出意思和感情。

元・范居中《秋思》:「我這裏千回百轉自彷徨,撇不下多情數樁。」

低聲細語

形容小聲説話。

周而復《上海的早晨》第一部:「湯阿英在枕邊低聲細語説了最近的往來,時斷時續,還是有些羞答答的,怕難為情。」

口不擇言

指情急時説話不能正確用詞表達或指説話隨便。

《北史・魏艾陵伯子華傳》:「性甚褊急,當其急也,口不擇言,手自捶擊。」

加油添醋

為誇張或渲染的需要,在敘事或説話時增添原來沒有的內容。

克非《春潮急》:「有種人並不懷着什麼惡意,卻專喜歡探究人家的隱秘,然後再加油添醋,偷偷地、熱衷地廣播出去。」

緘口不言

指人閉口不説話,形容畏懼權勢,言語謹慎,怕招惹是非,應當説的而不敢説或不願意説。

清・鄭觀應《盛世危言・商務》:「商民工匠,見諸官紳,皆緘口不言,恐犯當道之怒,禍生不測云。」

嬌聲嬌氣

形容説話嬌滴滴的聲氣。

魯迅《熱風・隨感錄二十五》:「窮人的孩子蓬頭垢面的在街上轉,闊人的孩子妖形妖勢嬌聲嬌氣的在家裏轉。」

慷慨淋漓

慷慨:充滿正氣,情緒激昂;淋漓:暢快。形容情緒十分激動昂,説話、寫文章意氣昂揚,言辭暢快。

蔡東藩《五代史演義》第六回:「先須發一篇檄文,説得堂堂正正,慷慨淋漓。」

口出狂言

嘴裏説出狂妄自大的話,指説話狂妄、放肆,也指胡説八道。

明・施耐庵《水滸傳》第七十二回:「宋江聽得,慌忙過來看時,卻是『九紋龍』史進,『沒遮攔』穆弘,在閣子內吃得大醉,口出狂言。」

嘮嘮叨叨

説話囉嗦,一説起來便沒完沒了。

宋・鄭思肖〈答吳山人問遠遊觀地理書〉:「古人胸中高明,一見便了……未若後世嘮嘮叨叨,支支離離,棄本逐末,侈為乖謬。」

呢喃細語

形容用細小的聲音説話。

喃喃自語

喃喃：小聲地自言自語。

路遙《平凡的世界》第五卷第二十六章：「他的頭一直抵在辦公桌冰涼的玻璃板上，昏亂中竟然荒唐地喃喃自語說：『我的上級哪！』」

囁囁嚅嚅

意思是吞吞吐吐，想說但又不痛痛快快地說。

明・凌濛初《二刻拍案驚奇》卷五：「只得來見襄敏公，卻也囁囁嚅嚅，未敢直說失去小衙內的事。」

絮絮叨叨

形容說話囉嗦、嘮叨。

明・湯顯祖《紫簫記・勝遊》：「自成了人後，夜裏和李郎絮絮叨叨到四五更鼓，翻來復去，那裏睡來？」

寫作舉隅 在地鐵車廂中發生的一件小事

在後面，我選取了幾個我教的學生寫作的段落，後附我的評語，供讀者參考。

(1)

在星期五放學後，我如常乘搭地鐵回家。剛進入地鐵站時，我就已經看到很多人以快速的腳步走來走去。我越過人羣，乘搭我平常回家的路線。在月台上等待列車時，我就已經看到不少學生和遊客正在耐心地等候。等了大約兩分鐘，列車就到達了。當我正想走進車廂裏的時候，一位遊客**急不及待**地衝進去，並推開了我和其他人，可是那位遊客並沒有道歉，他的行為真是**令人髮指**！我沉着氣，沒有即時**破口大罵**，只是默默地坐下來。

但過了一會兒之後，那位剛才推開了我進入車廂的遊客要下車了。一如以往，他又推開了在他正前方的人，務求讓自己更快下車，就在這時，他推倒了一位**身材苗條**、**鶴髮雞皮**的老人家。那位遊客不但沒有道歉，還**理直氣壯**地說：「是他自己**笨手笨腳**，這不關我事。」當時我和其他乘客聽到這句話都**勃然大怒**。這時，一個身穿西裝、**一表人才**的上班族走上前來，要求那位遊客向被推倒的老伯伯道歉。在當時的情況下，那位遊客只好道歉，之後連忙走了。

經過這件事後，我發覺其實世上有不少好人，在看見別人有困難時，就會**挺身而出**，**仲張正義**，希望我長大後也會成為一個充滿正義感的人吧！

評語

1. 用錯的：身材苗條多指年輕女性，改用骨瘦如柴更佳，亦可加上用佝僂着身子去形容其老態。

2. 可改善的：對於那位具正義感的男士，可用器宇軒昂、衣着得體來形容。

3. 至於寫表情、神態方面：首段寫自己沉着氣，沒有即時破口大罵，之後見到那位遊客的粗暴行為後勃然大怒，用詞恰當，後面寫那位上班族和遊客對話時，加上用「疾言厲色」描寫他指責那人時的神態就更好了。

(2)

甫進入九龍塘車站，我心想：「這還是香港的九龍塘嗎？」我眼前的車站大堂擠滿了一團團的大陸自由行旅客。他們大都**穿紅戴綠**，好像要炫耀一番似的。我**左穿右插**，終於能夠擠進**水洩不通**的地鐵車廂。車廂裏有些是剛剛下班的上班族，儘管他們**衣着得體**，但**愁眉苦臉**、**無精打采**的樣子。在他們對面坐着幾個老人，他們大都佝僂着身子，有的更是**瘦骨嶙峋**，**弱不禁風**。當然還有地鐵「常客」—— 自由行旅客呢，他們大都穿得**花枝招展**，**珠光寶氣**，身側通常都放着一個「土豪」專用設計的行李箱，以顯他們高貴的身分。他們**指手畫腳**的用着「國家甲級水平」的普通話**高談闊論**，令人**怫然不悅**。

在這個時候，幾句流暢的普通話把所有人的目光都吸過去了，「你知不知道你撞到我呢？死黑鬼！」一名説話**惡聲惡氣**的大陸女人正對着一名戴着頭巾的印裔學生**破口大罵**。那個學生**濃眉大眼**，**一臉無奈**的樣子，卻沒有把心中的不滿表達出來。

評語

1. 首段中寫某些「自由行」旅客的外表打扮，雖然有點誇張成分，但尚算恰當，描寫那些女士穿得「花枝招展」、「珠光寶氣」，都形容貼切。
2. 寫那些上班族的幾句，可改成：「看到他們愁眉苦臉的模樣，沒精打采的神態，讓人感到他們的工作壓力一定很大了。」
3. 至於寫表情、神態方面，寫那國內女子説話惡聲惡氣，印裔學生一臉無奈也用詞恰當，但之前寫乘客聽到遊客們用普通話高談闊論，令人「怫然不悦」，卻沒有説清楚他們怫然不悦的原因，如能加上「旁若無人」或「聲如洪鐘」等詞來形容更佳。

(3)

在上星期一，當我搭地鐵回學校的時候，那是個繁忙的早晨。與往常一樣，都是那幾個乘客，但今天有些不同。

坐在我對面的大哥哥應該是一名上班族。看到他**衣着得體**卻**睡眼惺忪**的樣子，真是可憐。他**身材高挑**，滿臉雀斑，雖然**穿戴整齊**，但還是掩蓋不住他的疲倦；他**臉色蒼白**，大大的黑眼圈令他顯得更加**疲倦不堪**。

坐在我的旁邊的是一個中學生，看上去應該大我一、兩歲。她**身材苗條**，**腰板挺直**，**容光煥發**，給人一種「大姐姐」的感覺。

坐在大哥哥旁邊的是一位老爺爺，**身材矮小**，佝僂着身子。他的目光雖然十分慈祥，但眼裏有一絲威嚴，有一種不容冒犯的感覺。

評語

文中描寫人們的四字詞尚算運用恰當，但略嫌欠缺焦點，刻意堆砌，當作練習則可，作為描寫人物的段落則未能刻劃出人物的獨特形象。

(4)

星期一的早上時分，車廂都擠滿趕時間的上班一族和學生。享受過星期六和星期天這兩天假期後，大部分乘客的面上都表現着一種不情願返回工作崗位的神情。在這**死氣沉沉**的車廂裏，傳來了小孩子**開懷大笑**的聲音：原來是一班圍在一起有說有笑的小學生！他們開始時**呢喃細語**，但談得興起，竟開始追逐起來。車廂的空間本已不太寬闊，再加上現在正值上班時分，車廂內擠逼得**水洩不通**了。小學生們在人羣中左穿右插，碰撞更是少不免的了。有些乘客已經面露不滿之色，有些更**怒目而視**，怒火正在心中醞釀着。而站在車門旁倚着玻璃的則有一位年紀老邁、**鶴髮雞皮**的老伯伯。他手中拉着的那輛小型手推車，載滿了一疊疊陳舊得微微發黃的報紙。他**骨瘦如柴**、**面黃肌瘦**，要拉着這般沉重的手推車到處奔波確實不易，而令人驚訝的是，坐着的乘客們竟對老伯伯的可憐景況**視若無睹**。

評語

1. 描寫車廂中小學生説笑的情狀十分生動，所用的四字詞語均形容貼切。
2. 寫老伯伯的外表的四字詞語亦運用恰當。
3. 段中亦以恰當的詞語寫其他乘客的反應，產生了不錯的襯托作用。

(5)

昨天星期六下午的車廂裏，有很多衣着入時的年輕人。有的**身材苗條**，有的**身材高挑**，有的**骨瘦如柴**，可是他們都有一個特徵，就是雙眼**炯炯有神**。站在他們旁邊有一個佝僂着身子、衣着破爛的老人家。令我感到意外的是老人家居然站在年輕人的旁邊，而年輕人卻坐在椅子上。

突然，「鈴鈴，鈴鈴」年輕人把電話拿起，一接了電話就馬上說出**粗言穢語**，全車廂的人都聽見了。這時，我聽到坐在他身旁的老人家**結結巴巴**地說：「你……你可不……可以小聲一點。」年輕人見他是老人家，便**口出狂言**地說：「我喜歡大聲，你奈我何？伯伯，你回家睡吧，保重身子。」一邊說卻一邊笑，好像巫師詛咒別人一樣。旁邊的人也看不過眼，便一起罵他「沒家教」，「這年輕人真是沒禮貌！」大家都**異口同聲**罵他。年輕人見形勢不妙，便在鑽石山站下了車，老人家見他走了也坐上了他的位置，車廂內很快又回復平靜了。

唉！我心想：這年輕人真是丟光了我們年輕人的面子！不知還有多少這樣的年輕人存在呢？

評語

1. 第一段以排比法「有的……有的……」來寫時下年輕人的身形，令人不明白目的何在，其實選其中一兩個來寫，或對後文成為描述對象的那一位作詳細描寫更佳。
2. 第二段寫年輕人與老人家的對話，用以描寫他們的言語神態的四字詞則運用恰當。

(6)

我在週六下午一時乘搭地鐵，在我旁邊的是一個穿戴**珠光寶氣**，**神氣十足**的操普通話的女人，她**身材苗條**卻拖着一個有她一半身高的桃紅色巨型行李箱。在她身旁的是一個**瘦骨嶙峋**、**弱不禁風**的老人家，她**面黃肌瘦**，好像站着也吃力。座位上有一個**穿戴整齊**的上班族，黑色的西裝讓他顯得一表人才，他拿着手提電話，低頭看報紙。

過了一會兒，穿着西裝的男人終於抬頭，突然看見**瘦骨嶙峋**的婆婆，便立即站起來讓座。誰知，這時，拖着巨型行李箱的女人竟然話都沒說就一屁股坐到上班族男人的座位去，不長眼的行李箱還把婆婆的腰撞到了，看見婆婆的表情，就知道她十分痛，但是那女人卻拿出化妝用品補妝。

這時，男人**勃然大怒**，指着女人說：「小姐，撞到人不會說對不起嗎？

還有，座位是給這位婆婆不是給你的。」女人聽到男人這樣說，頓時**佛然不悅**，**指手畫腳**地說：「怎樣？座位有寫上你的名字嗎？為什麼我不能坐？還有你，這麼老了搭什麼地鐵？」看她**衣冠楚楚**，沒想到說話竟**尖酸刻薄**，**口出狂言**，我心想，真是「人不可貌相」。旁邊的乘客都把目光投向他們，一個年輕人更拿出了手提電話拍攝影片。

評語

1. 文中首段形容老婆婆及珠光寶氣的女子均用詞恰當，而且將二人的形象形成了強烈對比。
2. 第二段寫女子的行李箱撞到了老婆婆，如果能夠加強老婆婆痛苦的表情的描寫更佳，如「痛入骨髓」，痛得「面容扭曲」等。寫女子沒理會老婆婆，卻拿出化妝品補妝，則可以「旁若無人」，或對老婆婆「視若無睹」來描寫。
3. 第三段寫女子與「西裝男」吵架的神態，用詞頗為準確、恰當。

詞語遊戲

詞語之最

最荒涼的地方

不毛之地

指不生長草木莊稼的荒地，形容荒涼、貧瘠。

最遙遠的地方

天涯海角

形容極遠的地方，或相隔極遠的兩地。

唐・呂岩〈絕句〉:「天涯海角人求我，行到天涯不見人。」宋・張世南《游宦記聞》卷六:「今之遠宦及遠服賈者，皆曰天涯海角。」

最大的手

一手遮天

一隻手把天遮住，形容依仗權勢，玩弄手段，蒙蔽羣眾。

唐・曹鄴〈讀李斯傳〉:「難將一人手，掩得天下目。」

最高的人

頂天立地

頭頂青天，腳踏大地。形容身軀魁偉，也形容人堂堂正正，志向遠大，氣概不凡。

宋・釋普濟《五燈會元・育王裕禪師法嗣・道場法全禪師》:「汝等諸人，個個頂天立地，肩橫楖栗，到處行腳。」

最吝嗇的人

一毛不拔

形容為人非常吝嗇自私。

《孟子・盡心上》:「楊子取為我,拔一毛而利天下,不為也。」

最長的一天

度日如年

過一天像過一年那樣長。

宋・柳永〈戚氏〉:「孤館度日如年。」

一日三秋

三秋:三個季度。意思是一天不見面,就像過了三個季度。比喻分別時間雖短,卻覺得很長,形容思念殷切。

《詩經・王風・採蓮》:「彼采葛兮,一日不見,如三月兮;彼采蕭兮,一日不見,如三秋兮;彼采艾兮,一日不見,如三歲兮。」

最昂貴的文章

一字千金

指增損一字,賞予千金,稱讚文辭精妙,不可更改。

《史記・呂不韋列傳》:「布咸陽市門,懸千金其上,延諸侯遊士賓客,有能增損一字者,予千金。」南朝梁・鍾嶸《詩品・古詩》:「文温以麗,意悲而遠,驚心動魄,可謂幾乎一字千金。」

最快的流速

一瀉千里

形容江河奔流直下，流得又快又遠，也比喻文筆或曲調氣勢奔放，或形容價格猛跌不止。

宋·陳亮〈與辛幼安殿撰書〉:「大江在河，一瀉千里。」

最賺錢的生意

一本萬利

用很少的資本去取得很大的利潤，形容本錢少，利潤大。

清·姬文《市聲》第二十六回:「這回破釜沉舟，遠行一趟，卻指望收它個一本萬利哩。」

最潔淨的東西

一塵不染

原指佛教徒修行時，排除物欲，保持心地潔淨；現泛指絲毫不受壞習慣、壞風氣的影響，也用來形容非常清潔、乾淨。

最有膽量的人

膽大包天

膽：膽量。形容膽子很大，不知畏懼。

唐·劉叉〈自問〉:「自問彭城子，何人授汝顛，酒腸寬似海，詩膽大於天。」

最慘重的失敗

一敗塗地

形容失敗到了不可收拾的地步。

《史記．高祖本紀》：「天下方擾，諸侯並起，今置將不善，一敗塗地。吾非敢自愛，恐能薄，不能完父兄子弟，此大事，願更相推擇可者。」

最有效的勞動

事半功倍

指做事得法，因而費力小，收效大。

《孟子．公孫丑上》：「故事半古之人，功必倍之，唯此時為然。」

最珍貴的承諾

一諾千金

諾：許諾。許下的一個諾言有千金的價值，比喻說話算數，極有信用。

《史記．季布欒布列傳》：「得黃金百斤，不如得季布一諾。」

最大的網

天羅地網

天羅：張在空中捕鳥的網。天空地面，遍張羅網，指上下四方設置的包圍圈；比喻對敵人、逃犯等的嚴密包圍。

《大宋宣和遺事．亨集》：「才離陰府悽惶難，又值天羅地風災。」元．無名氏《鎖魔鏡》第三折：「天兵下了天羅地網者，休要走了兩洞妖魔。」

最大的功績

豐功偉績

豐：大。偉大的功績。

清・張春帆《宦海》第六回：「這位章制軍在兩廣做了幾年，也沒有什麼豐功偉績。」

最全面的手術

脫胎換骨

原為道教用語，指修道者得道以後，就轉凡胎為聖胎，換凡骨為仙骨；後比喻通過教育，思想、行為得到徹底改造。

宋・釋惠洪《冷齋夜話》卷一：「然不易其意而造其語，謂之換骨法；窺入其意而形容之，謂之奪胎法。」

最綿長的口水

垂涎三尺

口水掛下三尺長，形容極其貪婪的樣子，也用以形容貪吃的表情。

唐・柳宗元〈三戒〉：「臨江之人，畋得麋麑，畜之。入門，羣犬垂涎，揚尾皆來。」老舍《趙子曰》第三章：「對面坐着一個垂涎三尺的小黑白花狗，擠眉弄眼的希望吃些白薯鬚子和皮。」

最細心的

一心一意

全心只專注於一件事情，沒有別的考慮。

《三國志・魏志・杜恕傳》：「免為庶人，徙章武郡，是歲嘉平元年。」裴松之注引《杜氏新書》：「故推一心，任一意，直而行之耳。」

無微不至

微：微細；至：到。沒有一處細微的地方不照顧到，形容關懷、照顧得非常細心周到。

最高的瀑布

一落千丈

原指琴聲陡然降落，後用來形容聲譽、地位或經濟狀況急劇下降。

唐・韓愈〈聽穎師彈琴〉：「躋攀分寸不可上，失勢一落千丈強。」

最危急的時刻

千鈞一髮

比喻情況萬分危急。

《漢書・枚乘傳》：「夫以一縷之任係千鈞之重，上懸無極之高，下垂不測之淵，雖甚愚之人，猶知哀其將絕也。」唐・韓愈〈與孟尚書書〉：「其危如一髮引千鈞。」

最大的本領

開天辟地

辟：開闢。古代神話傳説，盤古氏開天闢地，才開始了人類歷史，用來指開創人類的歷史或有史以來前所未有的。

《隋書．音樂志中》：「開天闢地，峻嶽夷海。」

最大的被子

鋪天蓋地

一下子到處都是，形容來勢很猛。

最大的空間

無邊無際

際：邊緣處。形容範圍極為廣闊。

清．錢采《説岳全傳》第六十六回：「白茫茫一片無邊無際，原來是太湖邊上。」

最大的幸運

九死一生

形容經歷很大危險而倖存，也形容處在生死關頭，情況十分危急。

戰國楚．屈原〈離騷〉：「亦余心之所善兮，雖九死其猶未悔。」劉良注：「雖九死無一生，未足悔恨。」

最遠的分離

天壤之別

壤：地。天和地，比喻差別極大。

晉・葛洪《抱樸子・內篇・論仙》：「趨舍所尚，耳目之欲，其為不同，已有天壤之覺，冰炭之乖矣。」

最繁忙的航空港

日理萬機

理：處理，辦理；萬機：種種事務。形容事務繁忙，工作辛苦。

《尚書・皋陶謨》：「兢兢業業，一日二日萬機。」《漢書・百官公卿表上》：「相國、丞相，皆秦官，金印紫綬，掌丞天子助理萬機。」

最徹底的整容

面目全非

樣子完全不同了，形容改變得不成樣子。

改頭換面

比喻只改外表和形式，內容實質不變。

唐・寒山《詩三百三首》第二一四首：「改頭換面孔，不離舊時人。」

最好的醫生

手到病除

剛動手治療，病就除去了，形容醫術高明，也比喻工作做得很好，解決問題迅速。

元．無名氏《碧桃花》第二折：「嬤嬤，你放心，小人三代行醫，醫書脈訣，無不通曉，包的你手到病險除。」

起死回生

把快要死的人救活，形容醫術高明，也比喻把已經沒有希望的事物挽救過來。

最好的箭術

一箭雙雕

原指射箭技術高超，一箭射中兩隻雕，後比喻做一件事達到兩個目的。

《北史．長孫晟傳》：「嘗有二雕飛而爭肉，因以箭兩隻與晟，請射取之。晟馳往，遇雕相攫，遂一發雙貫焉。」

百發百中

形容射箭或打槍準確，每次都命中目標，也比喻做事有充分把握。

《戰國策．西周策》：「楚有養由基者，善射，去柳葉百步而射之，百發百中。」

百步穿楊

在一百步遠以外射中楊柳的葉子，形容箭法或槍法十分高明。

最便宜的東西

一文不值

指一點價值都沒有，後用以形容人無用。

唐・陸龜蒙〈丁隱君歌〉:「前度相逢正賣文，一錢不值虛云云。」金・元好問〈晨起〉:「多病所須唯藥物，一錢不值是儒冠。」

最多的資源

取之不盡

盡：完。拿不完，用不完，形容物質或精神的原料極其豐富，常與「用之不竭」聯用，也作「取之無盡，用之不竭」。

宋・朱熹《朱子語類・孟子・離婁下》:「他那源頭只管來得不絕，取之不盡，用之不竭，來供自家用。」宋・鄭興裔《鄭忠肅公奏議遺集・請罷建康行宮疏》:「天地之生財有限，小民之膏血幾何，勢無取不盡而用不竭之理。」

最完美的東西

十全十美

十分完美，毫無欠缺。

《周禮・天官・醫師》:「十全為上，十失一次之。」清・陳朗《雪月梅傳》:「賢侄出門也得放心，豈不是十全十美。」

最重的疾病

不可救藥

藥：治療。病已重到無法用藥醫治的程度，比喻已經到了無法挽救的地步。

《詩經・大雅・板》:「匪我言耄，爾用憂謔。多將熇熇，不可救藥。」

病入膏肓

膏肓：古人把心尖脂肪叫「膏」，心臟與膈膜之間叫「肓」，膏肓是藥力不能達到的地方。形容病情十分嚴重，無法醫治，比喻事情到了無法挽救的地步。

《左傳・成公十年》:「疾不可為也，在肓之上，膏之下，攻之不可，達之不及，藥不至焉，不可為也。」

最寶貴的禮物

無價之寶

無法估價的寶物，指極珍貴的東西。

唐・魚玄機〈贈鄰女〉:「易求無價寶，難得有心郎。」

最絕望的前途

山窮水盡

山和水都到了盡頭，比喻無路可走陷入絕境。

宋・陸遊〈遊山西村〉：「山重水復疑無路，柳暗花明又一村。」

最長的壽命

萬壽無疆

疆：界限。萬年長壽，永遠生存，用於祝人長壽。

《詩經・小雅・天保》：「君曰卜爾，萬壽無疆。」

最有分量的話

一言九鼎

九鼎：古代國家的寶器，相傳為夏禹所鑄。一句話抵得上九鼎重，比喻說話力量大，能起很大作用。

《史記・平原君列傳》：「毛先生一至楚而使趙重於九鼎大呂。毛先生以三寸之舌，彊於百萬之師。勝不敢復相士。」

最失望的心情

萬念俱灰

所有的想法和打算都破滅了，形容極度灰心失望的心情。

清・李寶嘉《中國現在記》第三回：「官場上的人情，最是勢利不過的。大家見撫台不理，誰還來理我呢，想到這裏，萬念俱灰。」

心灰意冷

灰心失望，意志消沉。

明．吳承恩《西遊記》第四十回：「因此上怪他每每不聽我説，故我意懶心灰，説各人散了。」

最孤獨的人

形單影隻

形：身體；單：孤單；影：身影；隻：指單獨。形容孤獨，沒有同伴。

唐．韓愈〈祭十二郎文〉：「承先人後者，在孫唯汝，在子唯吾，兩世一身，形單影隻。」

孑然一身

孤孤單單一個人。

《三國志．吳書．陸瑁傳》：「若實孑然，無所憑賴，其畏怖遠迸，或難卒滅。」

眾叛親離

叛：背叛；離：離開。眾人反對，親人背離，形容完全孤立。

《左傳．隱公四年》：「阻兵無眾，安忍無親，眾叛親離，難以濟矣。」

最荒涼的地方

荒無人煙

人煙：指住戶、居民，因有炊煙的地方就有人居住。形容地方偏僻荒涼，見不到人家。

三國魏·曹植〈送應氏〉：「中原何蕭條，千里無人煙。」

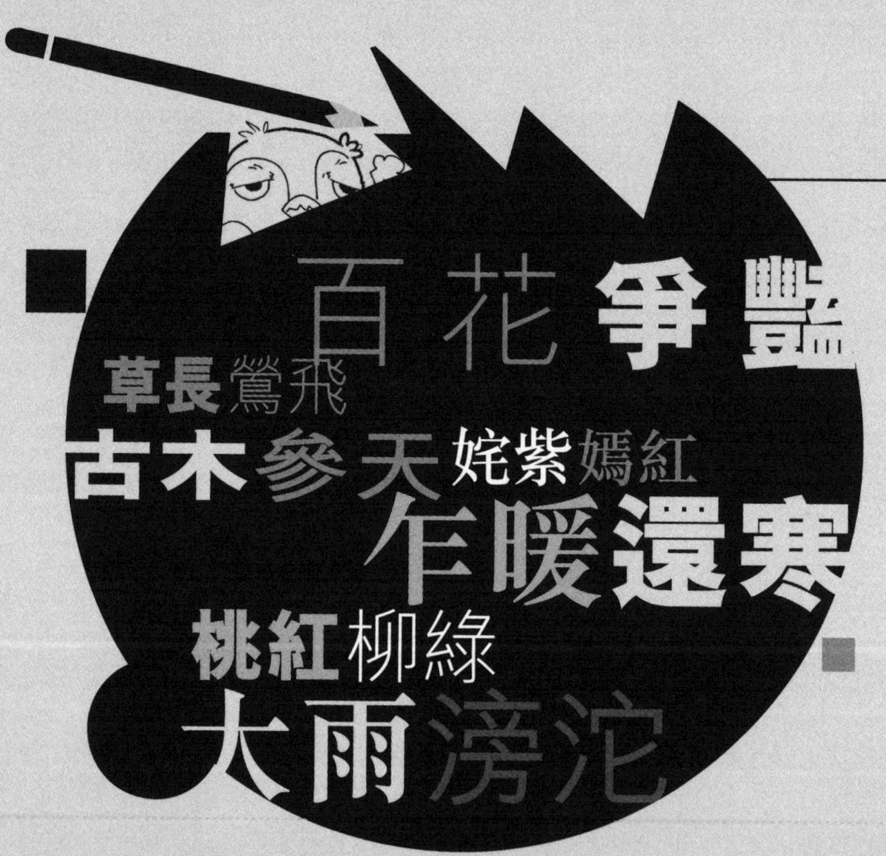
百花爭豔
草長鶯飛
古木參天
姹紫嫣紅
乍暖還寒
桃紅柳綠
大雨滂沱

二

細膩的描寫

寫作課要開始了，但樂行、樂曦、志泫、嘉欣似乎還未收拾心情上課，他們很投入地在玩成語遊戲。

志泫：「紫氣東來、白手興家、明日黃花、青出於藍……，這些都是有關顏色的四字詞，我該得到四分了。」

樂曦大表反對：「我們剛才説好了是可以用來描寫大自然景色的四字詞的，我説的這些才對：火樹銀花、昏天黑地、月黑風高、明日黃花……我才該得四分，你的不算！」

志泫正想爭辯，嘉欣搶着説：「你們説的怎及我的這些，你們聽着：青山綠水、桃紅柳綠、綠草如茵、萬紫千紅……全都可以用來寫春、夏季的郊野景色的。」

嘉欣説着，三個大孩子又吵成一片，倒是做慣班長的樂行挺身而出維持秩序：「你們別吵了好不好？老師來了許久了，我們抓緊時間學習吧！」

「我們不是正在學習嗎？我們在玩成語遊戲，在寓遊戲於學習呢！」志泫搶白。

「對啊！在遊戲中也可以學習，課堂不一定是嚴肅、沉悶的，老師不是說過玩遊戲也可以是學習的最佳切入點嗎？」嘉欣附和。

「對啊！記得老師曾給我們說過和學生、家長玩成語遊戲，寓學習於遊戲的事。」樂曦接着說。

「是嗎？我倒沒聽老師說過這樣的事，是我記不起來還是那一課我缺席了？老師再給我說一次好嗎？」樂行要求。

「好的，如果你們不怕悶的話，我再說一遍吧！」我說。

然後，我跟他們說起這樁頗有趣的事：

除了到中學教寫作班，間中也會到小學教，初到小學教寫作的時候，最不適應的就是每學期一次的家長觀課安排。

那是源於一次誤會。首年教小學寫作班的某一節課，進課室之後看見有幾個家長坐在學生的座位上。起初我還以為進錯了課室，後來學生和家長告訴我，這是家長觀課的課堂。

全無準備的我感到措手不及，亦覺得有點不受尊重，因為事前沒有收到校方通知。那其實是誤會，因為那是每學期最後一課的恆常活動，而且是小學課外活動的常有安排，所以負責的老師沒想到要特別通知我。但對於我這個不大適應的「新人」，校方也十分體諒，除了連連道歉之外，還把家長都請出課室，待下次正式通知我之後再安排觀課。

之後的家長觀課課堂，我有了心理準備就不同了。最初還有點戰戰兢兢，感到有人在給我評分、受到監察的壓力，但後來轉念一想，那其實也是家長想知道孩子在學些什麼、想多點了解他們的校園生活而已，於是想到不如與眾同樂，讓家長也參與孩子開開心心的一課。

往後，在每學期最末一課，我都安排了寓學習於遊戲的內容，其中最常選的內容是成語遊戲。方法是將全班二十多個學生分為兩組比賽，我出與成語有關的題目，讓學生搶答，例如我會請他們寫出有關動物的四字成語，比賽哪一組同學寫得最多最快，當然還要能答出成語的意義和用法。

孩子都喜歡動物，比賽過程十分刺激，令我意想不到的是一旁的家長們也投入觀戰，更躍躍欲試想參與其中。某次兩位家長看到自己的孩子想來想去也想不出答案，一時情急，竟寫了一張「貓紙」，暗中傳給孩子，當我看到正想制止時，「貓紙」卻已傳到孩子手上。當孩子信心滿滿地讀出答案時，旁邊的學生竟哄笑起來，因為那答案是錯的。孩子笑作一團，那兩位家長當然尷尬不已。

故事未完，想不到往後還有意想不到的發展。兩堂課之後，那個學生告訴我，他那尷尬的父母，在離開學校後馬上跑到書店買了幾本成語故事書，當天晚上飯後就和孩子一起看。往後幾天，一家人的飯後活動就是一起看成語故事書、玩成語遊戲。難怪我在這個學生的作文中發現他多用了四字成語，而且用得恰當。

這真是一件無心插柳的好事。常有家長問我怎樣令孩子喜歡看書，尤其是有關中國文化的。這樁好事不就是一個很好的啟發嗎？孩子們喜歡小動物、喜歡聽故事、喜歡玩遊戲，就由他們喜歡的事物作切入點，由成語故事引入古人的世界，讓他們認識中國歷史、文化、文學。如果家長也重視身教，身體力行地和孩子們一起閱讀、一起遊戲，那就是最佳的親子活動了。如果家長都能夠這樣做，還需要擔心孩子不喜歡閱讀、對本國歷史、文化沒興趣嗎？

· ◆ · ◆ ·

「如果我的父母在我讀小學時也這樣教導我就好了，那我寫描寫文時一定可以用很多合適的四字詞，我的描寫文作文就不會這麼低分了！」樂曦感慨。

「學校的中文老師說香港中學生寫描寫景物的文章表現最差，因為中學生從不會觀察、欣賞周圍的景物，乘車、走路時都只顧玩手機遊戲。」樂行說。

「你的老師說得也對，也許香港的中學生真是太忙了，太多資訊、娛樂吸引他們了，所以無暇欣賞周圍的景物。可是我記得你們讀小學時可不是這樣的，你們記得你們還在讀小學的時候，我給你們一個寫作題目是『春天來了』嗎？你們都寫得不錯啊！」我說。

「我也有這印象，我寫的那篇文章好像得了很不錯的分數。」嘉欣說。

「我記得當時老師選了幾篇好作品放了到網上，說是讓我們和其他同學互相學習的，老師會不會還保存着那些文章在電腦中呢？」樂曦問。

「應該還有的，讓我找找看。」我打開手提電腦，找了一會，果然找到了。

「就是這些，你們看看，當時你們描寫春天的大自然景物，用的四字詞多好啊！」我看着電腦屏幕，把他們從前寫的幾段文字念出來：

「春姑娘回來了，她有如我們的鬧鐘，正在極度忙碌地把大地和小動物喚醒！現在，處處都生機勃勃。

「啊！春天的腳蹤在公園！在公園裏，有綠草如茵的草地，花紅柳綠的花、草、樹、木，加上藍天白雲，我實在太享受了！

「啊！春天的腳蹤在我回校上課的沿途，我能見到風景如畫的情景，包括崇山峻嶺的山峰、七彩繽紛的蝴蝶在空中跳舞！她們穿着春姑娘送給他們五顏六色的衣裳！」

他們都擠到電腦前面，爭相念誦自己從前的作文。

「好了好了，在描寫文中你們多寫的是人物描寫和景物描寫的文章，上一課我們已經講了許多寫記敍文與人物描寫也可用的四字詞，這一課，我們就學習一下描寫自然景物的四字詞吧！」我說。

「好啊！學校的老師最近叫我們寫一篇題為『香港之秋』的文章，真的考起我們全班同學了！老師快救救我！」樂行嚷。

「我上個月也寫過一篇題目是『霧鎖香江』的文章，得分很低，老師快指點一下我們。」嘉欣說。

「寫景物描寫的文章，不外乎運用我教過的觀察法 —— 步移法、定點描寫、感官描寫、隨時推移法等，還有的是，要活用恰當的修辭方法和詞語……」

我滔滔不絕的講下去。

四字詞語舉隅

景物描寫

（四字詞語下附有解釋，亦多數列舉了古今文學作品中的使用範例，供讀者參考。）

枝繁葉茂

枝葉繁密茂盛。

根深葉茂

茂：繁茂。根紮得深，葉子就茂盛，比喻基礎牢固，就會興旺發展。

漢．劉安〈屏風賦〉：「維兹屏風，出自幽谷，根深枝茂，號為喬木。」

百花爭豔

各種花草樹木競相開放出豔麗的花朵。

王朔《懵然無知》：「整個晚會都用小演員，兒童演兒童看，台上台下天真爛漫，百花爭豔。」

花團錦簇

形容五彩繽紛，十分鮮豔多彩的景象，也形容文章辭藻華麗。

綠草如茵

綠油油的草好像地上鋪的褥子，常指可供臨時休憩的草地，亦作「碧草如茵」。

唐．許渾〈移攝太平寄前李明府〉：「早晚高臺更同醉，綠蘿如帳草如茵。」

青翠欲滴

形容植物的顏色十分翠綠，多用於寫樹木；也作蒼翠欲滴。

宋．郭熙《林泉高致．山川訓》：「春山澹冶而如笑，夏山蒼翠而如滴，秋山明淨而如妝，冬山慘澹而如睡。」

翠色欲流

顏色非常蒼翠，鬱鬱葱葱像水要流出來一般；也稱「翠色欲滴」。

奇花異草

指稀奇少見的花草。

《西京雜記》卷三：「奇樹異草，靡不具植。」

繁花似錦

繁：多而且茂盛；錦：織有彩色花紋的錦緞。色彩紛繁的鮮花，好像富麗多彩的錦緞，形容美好的景色和美好的事物。

長林豐草

幽深的樹林，茂盛的野草。指禽獸棲息的山林草野，常比喻隱居之地。

晉・嵇康〈與山巨源絕交書〉：「雖飾以金鑣、饗以嘉肴，逾思長林而志在豐草也。」

草長鶯飛

形容江南暮春的景色。

南朝梁・丘遲〈與陳伯之書〉：「暮春三月，江南草長，雜花生樹，羣鶯亂飛。」

綠樹成蔭

樹木枝葉茂密，遮蔽了陽光。

唐・杜牧《悵詩》：「自是尋春去校遲，不須惆悵怨芳時。狂風落盡深紅色，綠葉成陰子滿枝。」

鬱鬱蔥蔥

形容草木蒼翠茂盛，也形容樹木生長美好蓬勃。

漢・王充《論衡・吉驗》：「城郭鬱鬱葱葱。」《後漢書・光武紀》：「望氣者至南陽，曰：『氣佳哉，鬱鬱葱葱！』」

古樹參天

參天：高入雲天。古老的樹木枝茂葉繁，異常高大或氣勢雄偉。

萬木爭榮

形容樹木生長茂盛。

青山碧水

青色的山，綠色的水，形容秀麗的景色。

清・劉嗣綰〈自錢塘至桐廬舟中雜詩〉：「一折青山一扇屏，一彎碧水一條琴；無聲詩與有聲畫，須在桐廬江上尋。」

美不勝收

勝：盡。美好的東西很多，一時看不過來。

迎風吐豔

吐豔：一般指花朵，指開花、散發香味。迎風吐豔：迎着風開出美麗的花朵。

春色滿園

園內到處都是春天美麗的景色，比喻欣欣向榮的景象。

唐・呂從慶《豐溪存稿・小園》：「小園春色麗，花發兩三株。」宋・葉紹翁〈遊園不值〉：「應憐屐齒印蒼苔，小扣柴扉久不開。春色滿園關不住，一枝紅杏出牆來。」

春意盎然

春意：春天的氣象。盎然：豐滿、濃厚的樣子，形容春天的氣氛很濃。

蔚為壯觀

蔚：盛大；壯觀：壯麗。形容盛大壯麗的景象，給人一種盛大的印象。

魯迅《兩地書》：「鄉村風景，甚覺宜人，野外花園，殊有清趣，樹木蔚為壯觀……」

玉宇瓊樓

瓊：美玉；宇：房屋。指月中宮殿、仙界樓臺，也形容富麗堂皇的建築物。

宋・蘇軾〈水調歌頭〉：「我欲乘風歸去，又恐瓊樓玉宇，高處不勝寒。」

重巒疊嶂

巒：連綿的山。山峰一個連着一個，連綿不斷。

唐．徐光溥〈題黃居采秋山圖〉：「秋來奉詔寫秋山，寫在輕綃數幅間；高低向背無遺勢，重巒疊嶂何孱顏。」

山清水秀

形容風景優美，又作「山明水秀」。

宋．黃庭堅〈驀山溪．贈衡陽陳湘〉：「眉黛斂秋波，盡湖南，山明水秀。」

湖光山色

湖的風光，山的景色，指有水有山，風景秀麗。

宋．吳自牧《夢粱錄．五代人物》：「杭城湖光山色之秀，鍾為人物，所以清奇特，為天下冠。」

爭奇鬥豔

奇：奇異；豔：色彩鮮豔。形容百花競放，十分豔麗。

風清月朗

風涼爽，月明亮。

唐．段成式《酉陽雜俎．支諾皋下》：「時春季夜間，風清月朗。」

姹紫嫣紅

形容各種花朵嬌豔美麗。

明．湯顯祖《牡丹亭．驚夢》：「原來姹紫嫣紅開遍，似這般都付與斷井頹垣。」

丹桂飄香

指桂樹開花，香飄到十里外。

元．高明《琵琶記．中秋望月》：「丹桂飄香清思爽，人在瑤臺銀闕。」

錦繡河山

形容壯麗華美的祖國山河。

水天一色

水光與天色連在一起，形容水天相接的遼闊景象。

唐．王勃〈滕王閣詩序〉：「落霞與孤鶩齊飛，秋水共長天一色。」

銀裝素裹

銀：銀色；裝：本意指衣服，這裏作動詞，表示穿；素：樸素的意思；裹：意思是包起來。形容雪景中，戶外的東西像被銀白色包起來一樣，很美麗；從上到下沒有一點彩色，非常素潔。

皓月千里

範圍極為廣闊的千山萬水都處於皎潔的月光照射之下；形容月光皎潔。

宋．范仲淹〈岳陽樓記〉：「長煙一空，皓月千里，浮光躍金，靜影沉璧。」

風景如畫

形容風景美麗得像一幅畫一樣。

秋高氣爽

形容秋季晴空萬里，天氣清爽。

唐．杜甫〈崔氏東山草堂〉：「愛汝玉山草堂靜，高秋爽氣相鮮新。」

一葉知秋

從一片樹葉的凋落，知道秋天的到來；後來亦用以比喻通過個別的細微的迹象，可以看到整個形勢的發展趨向與結果。

《淮南子．說山訓》：「見一葉落而知歲之將暮。」宋．唐庚《文錄》：「唐人有詩云：『山僧不解數甲子，一葉落知天下秋。』」

楓林如火

深秋時楓葉會變紅，用來形容秋楓之壯美，滿眼的紅色猶如一片火海。

春暖花開

春天氣候溫暖，百花盛開，形容美麗的景色，也比喻事物得以順利發展的良好環境或機遇。

明．朱國禎《湧幢小品．南內》：「春暖花開，命中貴陪內閣儒臣宴賞。」

桃紅柳綠

指桃花嫣紅，柳枝碧綠，形容花木繁盛、色彩鮮豔的春景。

唐．王維〈田園〉：「桃紅復含宿雨，柳綠更帶春煙。」

鶯歌燕舞

黃鶯在歌唱，小燕子在飛舞，形容春天鳥兒喧鬧活躍的景象。

宋．蘇軾〈錦被亭〉:「煙紅露綠曉風香，燕舞鶯啼春日長。」

萬物復蘇

萬物：宇宙間的一切生物。蘇：蘇醒。一切生物又都蘇醒了，指春天草木開始生長。

張潔〈挖薺菜〉:「經過一個沒有什麼吃食可以尋覓、因而顯得更加飢餓的冬天，大地春回，萬物復蘇的日子重新來臨了！」

茂林修竹

修：長。茂密高大的樹林竹林。

晉．王羲之〈蘭亭集序〉:「此地有崇山峻嶺，茂林修竹。」

風光旖旎

形容景色柔和美好。

春光明媚

形容春天的景物鮮明可愛。

元．宋方壺《鬥鵪鶉．踏青》套曲：「時遇着春光明媚，人賀豐年，民樂雍熙。」

春花秋月

春天的花朵，秋天的月亮，泛指春秋美景。

南唐・李煜〈虞美人〉：「春花秋月何時了，往事知多少。」

春回大地

春天又回到大地，形容嚴寒已過，溫暖和生機又來到人間。

宋・周紫芝《太倉稊米集・歲杪雨雪連日悶題二首》：「樹頭雪過梅猶在，地上春回柳未知。」

春暖花開

本指春天氣候宜人，景物優美，後也比喻大好時機。

春風送暖

形容春天來到時，春風彷彿將溫暖的天氣送來。

宋・王安石〈元日〉：「爆竹聲中一歲除，春風送暖入屠蘇。千門萬户曈曈日，總把新桃換舊符。」

春風拂面

春天的風輕輕地拂過臉頰。

宋・釋志南〈絕句〉：「吹面不寒楊柳風。」

百花齊放

形容不同種類的花兒盛放，豐富多姿。

清・李汝珍《鏡花緣》第三回：「百花仙子只顧在此着棋，哪知下界帝王忽有欒旨命他百花齊放。」

萬木爭春

形容春天來臨，萬象更新，充滿生機和活力。

萬象更新

萬象：宇宙間一切景象；更：變更。事物或景象改換了樣子，出現了一番新氣象。

清・曹雪芹《紅樓夢》第七十回：「如今正是初春時節，萬物更新，正該鼓舞另立起來才好。」

乍暖還寒

形容冬末春初氣候忽冷忽熱，寒熱不定，也寫作「初暖乍寒」、「乍寒還暖」。

宋・李清照〈聲聲慢〉：「尋尋覓覓，冷冷清清，淒淒慘慘戚戚。乍暖還寒時候，最難將息。」宋・劉清夫〈玉樓春〉：「柳梢綠小眉如印，乍暖還寒猶未定。」

風和日麗

和風習習，陽光燦爛，形容晴朗暖和的天氣。

清・吳趼人《痛史》：「是日風和日麗，眾多官員，都來祭奠。」

和風細雨

吹起溫和的風，下着細小的雨。

南朝陳·張正見〈陪衡陽王遊耆闍寺〉：「清風吹麥壟，細雨濯梅林。」

欣欣向榮

欣欣：形容草木生長旺盛；榮：茂盛。形容草木長得茂盛，也比喻事業蓬勃發展，興旺昌盛。

晉·陶潛〈歸去來辭〉：「木欣欣以向榮，泉涓涓而始流。」

春深如海

春天美麗的景色像大海一樣深廣，形容到處充滿了明媚的春光。

春江如練

清澈的江水，像一條白練一樣，多指對江景的鳥瞰。

蓓蕾初綻

初綻，剛剛綻開。指花兒剛剛綻開。

春山如黛

山峰連綿而彎曲，起伏很優美。

清·黃景仁〈感舊〉：「從此音塵各悄然，春山如黛草如煙。」

斑駁陸離

斑駁：色彩雜亂；陸離：參差不一。形容色彩紛雜。

戰國楚．屈原〈離騷〉：「紛總總其離合兮，斑陸離其上下。」

窗明几淨

形容房間乾淨明亮。

宋．蘇轍〈寄范文景仁〉：「欣然為我解東閣，明窗淨几舒華茵。」

詩情畫意

像詩畫裏所描繪的景象，能給人以美感的意境。

宋．周密〈清平樂．橫玉亭秋倚〉：「詩情畫意，只在闌杆外，雨露天低生爽氣，一片吳山越水。」

水木清華

水：池水、溪水；木：花木；清：清幽；華：美麗有光彩。指園林景色清朗秀麗。

晉．謝混〈游西池〉：「景昃鳴禽集，水木湛清華。」

水色山光

水波泛出秀色，山上景物明淨，形容山水景色秀麗。

唐．白居易〈菩提寺上方晚眺〉：「樓閣高低樹淺深，山光水色暝沉沉。」

虛無漂渺

形容若有若無，空虛渺茫。

雲蒸霞蔚

蒸：上升；蔚：聚集。像雲霞升騰聚集起來，形容天上雲霞的景色燦爛絢麗。

南朝宋・劉義慶《世説新語・言語》:「千岩競秀，萬壑爭流。草木蒙籠其上，若雲興霞蔚。」

春寒料峭

形容初春的寒冷。

宋・釋普濟《五燈會元》卷十九:「春寒料峭，凍殺年少。」

春山如笑

形容春天的山色明媚。

宋・郭熙《林泉高致・山水訓》:「春山澹冶而如笑，夏山蒼翠而如滴，秋山明淨而如妝，冬山慘澹而如睡。」

天高氣清

清：清澄。指天空高遠，氣候清爽，也寫作「天高氣爽」。

戰國楚・宋玉〈九辯〉:「泬寥兮天高而氣清。」《樂府詩集・唐五郊樂章・白帝商音》:「白芷應節，天高氣清；歲功既阜，庶類收成。」

天空晴朗

朗：明朗。形容晴天時天空明朗。

晉・王羲之〈蘭亭集序〉:「是日也，天朗氣清，惠風和暢，仰觀宇宙之大，俯察品類之盛。」

風調雨順

風雨及時而適量，形容豐年安樂，天下太平的景象。

撥雲見日

撥去烏雲，重見天日。

雨過天青

雨後初放晴時的天色，也比喻情況由壞轉好。

細柔小雨

描寫細雨的柔和，也比喻態度和緩不粗暴。

大雨如注

雨勢如灌注般落下，形容雨大且急。

大雨滂沱

形容雨勢盛大。

風雨交加

風和雨一起來襲，亦比喻多種災難同時發生。

風雨淒淒

指風雨交加，淒涼寒冷。

風急雨驟

形容風雨交加、狂風暴雨的情形。

驟雨狂風

急遽而強烈的風雨，也比喻處境險惡。

狂風暴雨

巨大的風雨，形容天氣惡劣，也比喻處境動盪不安。

寒風刺骨

寒冷的風刺入骨髓，形容極度寒冷。

滴水成冰

滴下的水很快就結成冰，形容天氣非常寒冷。

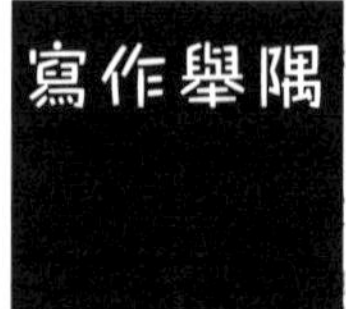

寫作舉隅 春天到了

在後面，我選取了幾個學生描寫景色的段落，還有作家鄭振鐸的兩篇文章節錄，供讀者參考。

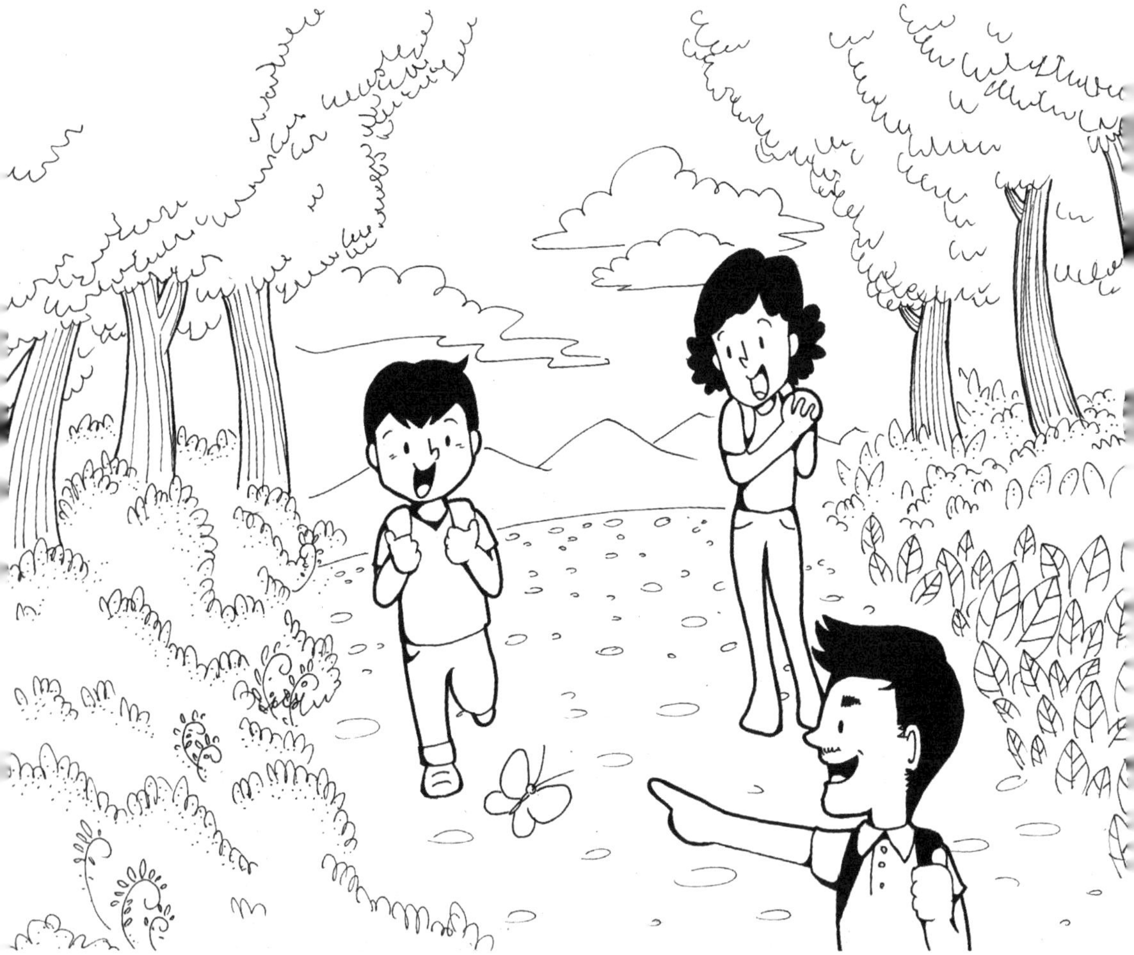

(1)

春天姐姐到了，我到哪裏，她都跟着我，就像一個小孩子一樣。

「我到了」，她說。大地立刻變得一片**春意盎然**，**春暖花開**的樣子，景色漂亮得**美不勝收**。

你瞧我的課室外**綠樹成蔭**，**綠草如茵**，樹上的葉子已長出來了，花圃中**百花齊放**，花兒**隨風款擺**，彷彿在跳舞，迎接美麗的春天。**生氣勃勃**的小花園充滿了冬眠醒來的生物，有勤勞的小蜜蜂，漂亮的蝴蝶妹妹，還有小魚……

不過，原來春天都是**乍暖還寒**，**春寒料峭**的。昨天晚上，北風哥哥覺得沉悶極了，便跟我們玩起捉迷藏了。我們在哪裏他都找得到，更調皮地向我們吹了一大口氣。

(2)

春天到了！春天到了！大地回春了！春天是一位跳舞的姑娘，在周圍跳舞。

春姑娘來到公園了。公園裏**綠草如茵**，**百花齊放**。桃花、大紅花、向日葵和玫瑰令公園變得**五彩繽紛**，**美不勝收**。

春姑娘來到校園了。春姑娘施了法術，校園變得**綠樹成蔭**，同學們都覺得**春意盎然**，學校裏的植物令同學感到**心曠神怡**。

春姑娘興奮地跑到郊野公園了。她看見那裏**風景如畫**，**風和日麗**。突然**和風細雨**來了，路人也悄悄逃去了。

雨後，露珠在花草樹木上。路途上**鳥語花香**，**花紅柳綠**。春姑娘不但把彩虹招來了，還出現了史無前例的「三彩虹」，大家都紛紛走到高處，觀賞壯麗的「三彩虹」。

春天真的來到了！春天真的來到了！

(3)

春姑娘回來了，她有如我們的鬧鐘，正在極度忙碌地把大地和小動物喚醒！現在，處處都**生機勃勃**。

啊！春天的腳蹤在公園！公園裏，有**綠草如茵**的草地，**花紅柳綠**的花、草、樹、木，加上**藍天白雲**，我實在太享受了！

啊！春天的腳蹤在我回校上課的沿途中，我能見到**風景如畫**的情景，包括**崇山峻嶺**，**七彩繽紛**的蝴蝶在空中跳舞！她們穿着春姑娘送給他們**五顏六色**的衣裳！

啊！春天的腳蹤在我的校園！我的學校彷彿成了一個「展覽館」，你知道為什麼嗎？沒錯，因為春姑娘經常來探望我們，給學校化妝，這風景令人**心曠神怡**！現在，處處都**鳥語花香**。

春姑娘，謝謝您！我感謝您幫忙綠化環境，讓我們有綠色的保護。您和我們人類一同照顧**疾病纏身**的地球！謝謝您！

(4)

花團錦簇、**綠草如茵**……啊，這就是我喜愛的春天。

郊野公園裏，小草們都從土地裏探出小頭兒來；樹上的花兒更是**美不勝收**。你看！淡粉紅、米白、淺紫……一切都是描寫不出的美。郊野公園裏的松鼠**成羣結隊**地儲起小果子；小鴨們抖起羽毛，在湖面上照鏡子；而那湖水呀，清澈得讓你覺得是從天上來的。深吸一口氣，頓時覺得**身心舒暢**。小蜜蜂和蝴蝶姐姐一起在玫瑰花中跳狐步舞，我漸漸覺得**春回大地**了。站在**百花齊放**的草原上，我就是花仙子似的。這時，跑來一個穿着花衣裳的小女孩，真可愛！

雖然春天沒有夏天時荷花**亭亭玉立**的美、秋天**紅葉似火**的美、冬天北風姐姐帶給我們的美，我仍然最愛春天。

(5)

春天姐姐來到了公園裏。公園裏**花紅柳綠**，**百花齊放**，樹葉的露珠**晶瑩剔透**。春姐姐吹了一口氣，樹伯伯發出「沙沙」的聲音，春姐姐給小草妹妹換了一套漂亮的新衣裳，蝴蝶也在旁**翩翩起舞**，真讓我**心曠神怡**！

春天姐姐的腳蹤在校園裏。校園裏，蜜蜂哥哥和蝴蝶姐姐正在**藍天白雲**下散步，小鳥妹妹唱着動聽的歌曲來迎接春姐姐。我坐在長椅上，看着**風景如畫**的美景，感到**悠然自得**。

春天姐姐又好奇地走到郊野公園裏。郊野公園裏，「滴答滴答」的雨弟弟正在「嗶啦啦」地滑滑梯。淨化了的空氣讓我**精神一振**，空氣中瀰漫着清新的花香，小花們都洗了一個澡呢！雨弟弟把彩虹妹妹帶給春姐姐看，春姐姐溫柔地微笑着，看着彩虹妹妹漂亮的舞姿，開心極了。

春天姐姐還想去多一趟路上。路上的小花**沒精打采**的，春姐姐看見，便請雨弟弟來彈奏一首**清脆悅耳**的歌曲。小花聽後，高興地跟春姐姐和雨弟弟打招呼。春姐姐撫摸着她的孩子們，說：「小寶寶，乖乖睡……」「小寶寶」們都在春姐姐的歌聲中，慢慢地，慢慢地睡着了。

比較其他三個季節，春天讓我想起**春風化雨**——陪伴我們成長的老師；夏天炎熱的天氣讓我感到**汗流浹背**；**秋高氣爽**的秋天最適合我們去登山；冬天讓人感到**天寒地凍**，最適合躲在家裏，在溫暖的被窩中睡懶覺。我最喜歡春天姐姐。

(6)

最近，天氣明顯變暖了。冬伯伯終於離開了，**大地回春**。這種**春暖花開**的季節，真是令人感到**心曠神怡**。

春姐姐的腳蹤，四處都有留下。在那**崇山峻嶺**上，**百花齊放**。有火紅的，淡黃的，紫藍的，真是**萬紫千紅**。生長在旁邊青綠的小草也**不甘示弱**，正在隨着微微的春風**翩翩起舞**。旁邊還有溪水「叮噹叮噹」地為我們伴唱，真是一幅**美不勝收**的「畫」，令人覺得**賞心悅目**。

春姐姐的腳蹤，悄悄地溜進公園裏。鳥兒正在枝頭上**高歌一曲**；蝴蝶正在花間**翩翩起飛**；蜜蜂正在花圃裏採花蜜。春天的**毛毛細雨**過後，植物顯得**生機勃勃**，我也跟着春姐姐的腳蹤，來到這些茂盛的大樹旁邊。啊！那些大樹**綠樹成蔭**，在那翠綠的樹葉間，盛放着一朵朵紅彤彤的花，用**花紅柳綠**來形容，最貼切不過。微微的春風吹了過來，彷彿媽媽的手正在撫摸着我的臉。

和常常下着**滂沱大雨**的夏天，山上**紅葉似火**的秋天，還有**寒風刺骨**的冬天，我還是最喜歡春天這景色**美不勝收**的季節。人們常說「一年之計在於春」，春天也意味着新開始，我真想說：「春天是最美好的季節。」

(7)

「香港今天的能見度達至極低水平，運輸署已經停止渡輪服務，以免發生意外。」聽到收音機的廣播，我連忙走到窗邊，只見維港兩岸白茫茫一片，什麼都看不見。霧中的香港就恍如一個夢幻的仙境，被一層又一層的雲彩所覆蓋，原本的**瓊樓玉宇**湮沒在厚厚的霧層中，只是露出數座大廈的尖頂。

走出大廈，**朦朦朧朧**的街景使我**目瞪口呆**，「昨天還是**春意盎然**，**風和日麗**，為何今天會變得**雲遮霧繞**？」我心想。綿綿的春雨以及**乍暖還寒**的天氣，令人們得急忙戴上口罩，以免染病。我連忙跳上小巴，小巴上帶着濕潤的霧氣的玻璃窗，變成了小童們的「創作天地」，一幅幅幼稚可愛的「傑作」使人打從心底笑出來。

從一絲絲清晰的筆迹看出去，太陽的一串串金光照在厚厚的霧靄中，使場景更為夢幻。這時霧靄開始變得散漫，置於尖沙咀的巨型廣告牌開始變得**清晰可見**。

(8)

海燕（節錄）　鄭振鐸

烏黑的一身羽毛，光滑漂亮，**積伶積俐**，加上一雙剪刀似的尾巴，一對**勁俊輕快**的翅膀，湊成了那樣可愛的活潑的一隻小燕子。當春間二三月，輕風微微地吹拂着，**如毛**的**細雨**無因地由天上灑落着，千條萬條的柔柳，齊舒了牠們的黃綠的眼，紅的白的黃的花，綠的草，綠的樹葉，皆如趕赴市集者似的奔聚而來，形成了**爛熳無比**的春天時，那些小燕子，那末**伶俐可愛**的小燕子，便也由南方飛來，加入了這個**雋妙無比**的春景的圖畫中，為春光平添了許多的生趣。小燕子帶了牠的雙剪似的尾，在**微風細雨**中，或在陽光滿地時，斜飛於**曠亮無比**的天空之上，唧的一聲，已由這裏稻田上，飛到了那邊的高柳之下了……

海水是**皎潔無比**的蔚藍色，海波是平穩得如春晨的西湖一樣，偶有微風，只吹起了絕細絕細的千萬個粼粼的小縐紋，這更使照曬於初夏之太陽光之下的、**金光燦爛**的水面顯得**溫秀可喜**。我沒有見過那末美的海！天上也是**皎潔無比**的蔚藍色，只有幾片薄紗似的輕雲，平貼於空中，就如一個女郎，穿了絕美的藍色夏衣，而頸間卻圍繞了一段絕細絕輕的白紗巾。我沒有見過那末美的天空！我們倚在青色的船欄上，默默地望着這絕美的海天；我們一點雜念也沒有，我們是被沉醉了，我們是被帶入晶天中了。

就在這時，我們的小燕子，二隻、三隻、四隻，在海上出現了。牠們仍是雋逸地從容地在海面上斜掠着，如在小湖面上一樣；海水被牠的似剪的尾與翼尖一打，也仍是連漾了好幾圈圓暈。小小的燕子，浩莽的大海，飛着飛着，不會覺得倦麼？不會遇着**暴風疾雨**麼？我們真替牠們擔心呢！

(9)

黃昏的觀前街（節錄）　鄭振鐸

你平常覺得這條街閒人太多，過於擁擠，在這時卻正顯得人多的好處。你看人，人也看你；你的左邊是一位時裝的小姐，你的右邊是幾位隨了丈夫、父親上城的鄉姑，你的前面是一二位**步履維艱**的道地的蘇州老，一二位**尖帽薄履**的蘇式少年，你偶然回過頭來，你的眼光卻正碰在一位**容光射人**，**衣飾過麗**的少奶奶的身上。你的**團團轉轉**都是人，都是無關係的無關心的最馴良的人；你可以舒舒適適的踱着方步，一點也不用擔心什麼。這裏沒有乘機的偷盜，沒有誘人入魔窟的「指導者」，也沒有什麼**電掣風馳**，**左衝右撞**的一切車子。每一個人都是那末安閒的散步着，散步着；**川流不息**的在走，**肩摩踵接**的在走，他們永不會猛撞你身上而過。他們是走得那末安閒，那末小心。你假如偶然過於大意的撞了人，或踏了人的足——那是**極不經見**的事！他們抬眼望了你，你對他們點點頭，表示歉意，也就算了。大家都感到一種的親切，一種的無損害，一種的**無憂無慮**的生活；大家都似躲在一個樂園中，在明月之下，綠林之間，悠閒的微步着，忘記了園外的一切。

那末**鱗鱗比比**的店房，那末**密密接接**的市招，那末**耀耀煌煌**的燈光，那末**狹狹小小**的街道，竟使你抬起頭來，看不見明月，看不見星光，看不見一**絲一毫**的黑暗的夜天。她使你不知道黑暗，她使你忘記了這是夜間。啊，這樣的一個「不夜之城！」

詞語遊戲

詞語的色彩

紫氣東來

傳說老子過函穀關之前，關尹喜見有紫氣從東而來，知道將有聖人過關，果然老子騎着青牛而來。比喻吉祥的徵兆。

漢・劉向《列仙傳》:「老子西遊，關令尹喜望見有紫氣浮關，而老子果乘青牛而過也。」

白手興家

白手：空手；興家：創建家業。形容在沒有基礎和條件很差的情況下自力更生，艱苦創業。

宋・朱熹《朱子語類・朱子四》:「今士大夫白屋起家，以致榮顯。」

白璧無瑕

潔白的美玉上面沒有一點小斑，比喻人或事物完美無缺。

宋・釋道原《景德傳燈錄》卷十三:「問:『不曾博覽空王教略，借玄機試道看。』師曰:『白璧無瑕，卞和刖足。』」

炎黃子孫

炎黃：炎帝神農氏和黃帝有熊氏（有說又叫軒轅氏），代表中華民族的祖先。炎帝和黃帝的後代，指中華民族的後代。

信口雌黃

信：任憑，聽任；雌黃：即雞冠石，黃色礦物，用作顏料。古人用黃紙寫字，寫錯了，用雌黃塗抹後改寫。比喻不顧事實，隨口亂說。

晉・孫盛《晉陽秋》:「王衍，字夷甫，能言，於意有不安者，輒更易之，時號口中雌黃。」

飛黃騰達

形容駿馬奔騰飛馳，比喻驟然得志，官職升得很快。

唐．韓愈〈符讀書城南〉：「飛黃騰踏去，不能顧蟾蜍。」

燈紅酒綠

形容奢侈糜爛的生活。

鐵畫銀鉤

畫：筆劃；鉤：鉤勒。形容書法剛勁柔美。

唐．歐陽詢〈用筆論〉：「徘徊俯仰，容與風流，剛則鐵畫，媚若銀鉤。」

黃粱一夢

黃粱：小米。比喻虛幻不能實現的夢想

唐．沈既濟〈枕中記〉：「怪曰：『豈其夢寐耶？』翁笑曰：『人世之事亦猶是矣。』」

月黑風高

比喻沒有月光，風也很大的夜晚，指險惡的環境。

元．佚名《拊掌錄》：「歐陽公與人行令，各作詩兩句，須犯徒以上罪者……一云：『月黑殺人夜，風高放火天。』」

白面書生

形容相貌姣好、白淨的年輕讀書人。

《宋書．沈慶之傳》：「陛下今欲伐國，而與白面書生輩謀之，事何由濟。」

明日黃花

黃花：菊花。原指重陽節過後逐漸凋謝的菊花，後多比喻過時的事物或消息。

宋・蘇軾〈九日次韻王鞏〉：「相逢不用忙歸去，明日黃花蝶也愁。」

青面獠牙

青面：臉上泛着青色；獠牙：露在外面的長牙。舊時神怪故事中形容兇神惡鬼的面貌，後形容人面貌極其兇惡。

明・張岱〈水滸牌序〉：「吳道子畫地獄變相，青面獠牙，盡化作一團清氣。」

青出於藍

青：靛青；藍：亦稱靛藍，染料或藥用。青是從藍草裏提煉出來的，但顏色比藍更深。比喻學生超過老師或後人勝過前人。

《荀子・勸學》：「青，取之於藍，而青於藍。」

桃紅柳綠

桃花嫣紅，柳枝碧綠，形容花木繁盛、色彩鮮豔的景色。

唐・王維〈田園〉：「桃紅復含宿雨，柳綠更帶春煙。」」

黑白分明

比喻是非界限很清楚，也形容字迹、畫面清楚。

漢・董仲舒《春秋繁露・保位權》：「黑白分明，然後民知所去就。」

慘綠少年

原指穿淡綠衣服的少年，後指講究裝飾的青年男子。

唐・張固《幽閒鼓吹》：「皆爾之儔也，不足憂矣！末座慘綠少年何人也？」

火樹銀花

形容張燈結綵或大放焰火的燦爛夜景。

唐・蘇味道〈正月十五夜〉：「火樹銀花合，盡橋鐵鎖開。」

白髮紅顏

頭髮斑白而臉色紅潤，形容老年人容光煥發的樣子。

宋・佚名《宣和畫譜・道釋四》：「（徐知常）舊嘗有痼疾，遇異人得修煉之術，卻藥謝醫，以至引年，白髮紅顏，真有所得。」

昏天黑地

形容天色昏暗，也比喻社會黑暗混亂。

清・吳敬梓《儒林外史》第八回：「真乃是慌不擇路，趕了幾日旱路，又搭船走，昏天黑地，一直走到浙江烏鎮地方。」

青山綠水

泛稱美好山河。

宋・釋普濟《五燈會元》：「問：『牛頭未見四祖時如何？』師曰：『青山綠水。』曰：『見後如何？』師曰：『綠水青山。』」

青梅竹馬

青梅：青的梅子；竹馬：兒童以竹竿當馬騎。形容小兒女天真無邪玩耍遊戲的樣子，後指男女幼年時親密無間。

唐·李白〈長干行〉：「郎騎竹馬來，繞牀弄青梅。同居長干里，兩小無嫌猜。」

混淆黑白

故意把黑的說成白的，白的說成黑的，指故意製造混亂，使人辨別不清。

顛倒黑白

把黑的說成白的，白的說成黑的，比喻歪曲事實，混淆是非。

戰國楚·屈原《楚辭·九章·懷沙》：「變白以為黑兮，倒上以為下。」

銀河倒瀉

瀉：水從高處往下直流。像銀河裏的水倒瀉下來，形容雨下得極大，像瀉下來的一樣。

唐·李白〈廬山謠寄盧侍御虛舟〉：「金闕前開二峰長，銀河倒掛三石梁。」

平步青雲

平：平穩；步：行走；青雲：高空。指人順利無阻，一下子升到很高的地位上去。

《史記·范雎蔡澤列傳》：「須賈頓首言死罪，曰：『賈不意君能自致於青雲之上。』」

白頭偕老

白頭：頭髮白；偕：共同。夫妻相親相愛，一直到老。

明・陸采《懷香記・奉詔班師》：「孩兒，我與你母親白頭偕老，寶貴雙全。」

花紅柳綠

形容明媚的春天景象，也形容顏色鮮豔紛繁。

五代蜀・魏承班〈生查子〉：「花紅柳綠間晴空。」

青天霹靂

霹靂：響雷。晴天打響雷，比喻突然發生意外的，令人震驚的事件。

宋・陸游〈四日夜雞未鳴起作〉：「放翁病過秋，忽起作醉墨。正如久蟄龍，青天飛霹靂。」

青黃不接

青：田時的青苗；黃：成熟的穀物。舊糧已經吃完，新糧尚未接上，也比喻人才或物力前後接不上。

《元典章・户部・倉庫》：「即日正是青黃不接之際，各處物斛湧貴。」

爐火純青

道士煉丹，認為煉到爐裏發出純青色的火焰就算成功了，後用來比喻功夫達到了純熟完美的境界。

清・曾樸《孽海花》第二十五回：「到了現在，可已到了爐火純青的氣候，正是弟兄們各顯身手的時期。」

手舞足蹈
勃然大怒
義憤填膺潸然淚下
金剛怒目
哀痛欲絕
傷心疾首

三 感人的抒情

剛進入課室時，聽到幾個孩子七嘴八舌的吵嚷。

「憂心忡忡……」樂曦。

「憂慮不安的樣子，形容心事重重，非常憂愁。」志泫答。

「躍躍欲試……」嘉欣。

「躍躍是急於要行動的樣子；躍躍欲試形容急切地想試做一件事。」樂行答。

「沾沾自喜……」志泫。

「形容因自以為表現得不錯而得意的樣子。」嘉欣答。

雖然看到他們正玩得興起，但上課時間已到，我不得不制止他們。「我們上課，別再玩成語遊戲了。」我說。

「老師，你有沒有發覺許多用來抒發感情的詞語都有疊字的，例如：躍躍欲試、沾沾自喜、憂心忡忡……」樂曦說。

「對呀！又如李清照的詞〈聲聲慢〉，」嘉欣念誦起來，「尋尋覓覓，冷冷清清，淒淒慘慘戚戚。乍暖還寒時候，最難將息。三杯兩盞淡酒，怎敵他晚來風急！雁過也，正傷心，卻是舊時相識。　滿地黃花堆積，憔悴損，如今有誰堪摘？守着窗兒，獨自怎生得黑！梧桐更兼細雨，到黃昏、點點滴滴。這次第，怎一箇愁字了得！」

「也不見得呀！就如老師這篇文章中用的四字詞，就沒有多少疊字的。」樂行邊說邊拿出一份影印。

「上一課老師說今課講抒情文，囑我們找一些記事加抒情的文章參考，哥哥就找來了老師這篇文章。」樂曦說。

「不如我們就由讀老師的文章開始這一節課吧！」嘉欣提議。

「那好吧！那就先由你們輪流讀出這篇文章吧！」我說。

「好的。」他們答，然後輪流讀出文章。

◆　◆

有時會有朋友問我除了教中小學生，有沒有教成年人寫作，也有人問會不會指導教友寫見證文章，因為有些教友感到寫見證文章很難，茫無頭緒。

我的回答是除了能力不足外，還因為其他問題，所以對於教成年人有點遲疑、猶疑。教中小學生因為有學校的課程要求可作依據，而且他們來上課的目標很明確，主要是想提升中文作文的表現、成績；成年人嘛，他們來上課的目標卻很多樣，頗難掌握。

雖然這樣説，但其實我也教過幾個成年人的，其中一個想進修寫作的原因是因為酷愛旅遊，想寫些遊記留作記念。也許因為她真是太愛旅遊了，上了兩課，看到我書架上的一本青海旅遊書，借了去看之後就不再來，到青海旅遊去了。

成年人時間忙、事務多，很難長時間專心學寫作，這些年來只有一個成年學生找我私人授課，維持了一段較長時間。那是一位專業人士，要計劃開展一段心靈旅遊，想寫點東西記下旅途中的心路歷程。那已經是八、九年前的事了，想不到最近她再聯絡我，問我有沒有開成年人的班，我囑她嘗試自己找有共同興趣的朋友組班，可是結果還是沒有組成。

教成年人寫作頗難，可是還是有些方法可以分享一下的。無論信仰見證抑或心靈遊記，都是記敘加抒情的成分居多吧？教成年人寫抒情文的經驗我倒是有一點的。其中一次教的對象是嶺南大學的學生，另一次是社署的社工，兩次的主題都與「借物抒情」有關，課堂中請他們選能夠勾起他們內心感受的一件物件或一種食物去寫。

記得有一位作家曾說：「寫文章第一個要打動的人是自己，連自己也打動不了，又怎能打動讀者？」對呀，好的抒情文要有很強感染力，要引起讀者共鳴，令他們感同身受。如果那件事情、那件情之所繫的物件，能夠讓你一想起就熱淚盈眶，至少心有戚戚然的，那就對了。

曾經有過這樣的一課，請學生選一件物件抒發感情，其中一個女孩子選的是一組煲。是的，那是一組煲，一組名牌子價值數千元的不鏽鋼煲。這些煲，她的母親看得如珠如寶，每天，這「一家之煮」就是用這些煲為摯愛的丈夫子女煲愛心湯、烹調晚膳。這些煲，是母親對家人的愛之所繫。來上課的數月前，女孩子的母親病逝，那些煲被擱到一旁再沒人理會。前一星期，她和兄長一起清理母親的舊物，看到這一組煲，想起母親從前為家人用心烹調、一家人圍坐用膳的美好時光，她和兄長相對無言。

當時，說到這裏，女孩子的淚水奪眶而出，身旁的同學聽了莫不泫然。

這篇文章寫下來，必然是一篇感人的文章，至於寫作手法、文字技巧，那於我的標準而言，是枝節和「末技」了。

曾經當過一個徵文比賽的評判，到最後，評判為兩篇同分的文章選哪篇才應得到冠軍而爭持不下。其中一篇是一個患了腦癌的中一生寫的戰勝病魔的心路歷程，文字略顯稚嫩；另一篇，寫作技巧高超，文辭優美，我選的冠軍必然是中一生寫的那篇，因為它深深打動了我。

當然，我們都不要求自己是文學大師、徵文比賽冠軍，寫見證文章、心靈旅遊筆記，能深深地打動自己、感動別人就足夠了。

◆ ◆

文章讀完後，嘉欣說：「樂行這文章選得好啊！老師寫的這篇抒情文，文中有分享寫作抒情文的心得的。」

「對呀！老師在文中說，寫抒情文第一個要打動的人是自己。」樂行說。

「老師還說：好的抒情文要有很強感染力，要引起讀者共鳴，令他們感同身受。」樂曦說。

「在選材方面，如果那件事情、那件情之所繫的物件，能夠讓你一想起就熱淚盈眶，至少心有戚戚然的就對了。」志泫說。

「是的，寫抒情文，無論借事抒情、借物抒情、借景抒情也好，緊記這些方法就好了。對呢，你們有沒有發現，其實這篇文章中，不是用了很多四字詞……」我說。

「對啊！但是我發現，同樣說心情難過得想哭，老師在文章中卻用了三個不同的四字詞去描寫三種不同難過程度的哭，那是：莫不泫然、熱淚盈眶、奪眶而出。」樂行說。

「很好啊！樂行，你的分析力很強！」我點頭讚許，「能夠運用不同的四字詞恰當地寫出不同的情緒反應、內心感受、反省或慚疚、驚恐或憤怒，可以大大提升抒情文的感染力。這樣吧，我還印了我寫的兩篇抒情文章給你們參考，分別是〈耶穌會怎樣回答？〉和〈慶幸我曾經這樣頑劣〉，在這兩篇文章中運用了較多四字詞，然後，你們寫一篇題為「我生病了」的借事抒情的文章，文章不難寫，但要寫多點生病中的感受及病癒後的反省，你們明白嗎？」

「明白了。」他們齊聲答。

四字詞語舉隅

表達感情的四字詞語

（四字詞語下附有解釋，亦多數列舉了古今文學作品中的使用範例，供讀者參考。）

1. 喜

大喜過望

過：超過；望：希望。結果比原來希望的還好，因而感到特別高興。

漢・班固《漢書・英布傳》：「布大怒，悔來，欲自殺。出就舍，張御食飲從官如漢王居，布又大喜過望。」

得意忘形

得意：高興，稱心如意。形容高興得失去了常態，忘乎所以。

《晉書・阮籍傳》：「嗜酒能嘯，善彈琴，當其得意，忽忘形骸。」

撫掌大笑

拍手大笑，形容非常高興。

歡呼雀躍

高興得像麻雀那樣跳躍起來，形容十分歡樂。

《莊子・在宥》：「鴻蒙方將拊髀雀躍而遊。」

歡天喜地

形容非常高興。

元・王實甫《西廂記》第二本第三折：「則見他歡天喜地，謹依來命。」

歡欣若狂

形容高興到了極點。

吳玉章《辛亥革命・一》:「當變法的詔書一道道地傳來的時候，我們這些贊成變法的人，真是歡欣若狂。」

皆大歡喜

皆：都；大：程度深。大家都很歡喜。

鳩摩羅什譯《維摩詰所説經・囑累品》:「一切大眾聞佛所説，皆大歡喜，信受奉行。」

眉開眼笑

眉頭舒展，眼含笑意，形容高興愉快的樣子。

元・王實甫《西廂記》第二本第二折:「彼見昨日驚魂魂魄，今日眉花眼笑。」

手舞足蹈

蹈：頓足踏地。兩手舞動，兩隻腳也跳了起來，形容高興到了極點，也指手亂舞、腳亂跳的狂態。

《孟子・離婁上》:「樂則生矣，全則惡可已也。惡可已，則不知足之蹈之，手之舞之。」

受寵若驚

寵：寵愛。因為得到寵愛或賞識而又高興又不安。

宋・蘇軾〈謝中書舍人啟〉:「省躬無有，被寵若驚。」

談笑風生

有說有笑，興致高，形容談話談得高興而又風趣。

宋・辛棄疾〈念奴嬌・贈夏成玉〉詞：「遐想後日蛾眉，兩山横黛，談笑風生頰。」

喜不自勝

勝：能承受。喜歡得控制不了自己，形容非常高興。

元・王實甫《西廂記》第五本第四折：「小生去時，承夫人親自餞行，喜不自勝。」

喜出望外

望：希望，意料。由於遇上沒有想到的好事而非常高興。

宋・蘇軾〈與李之儀〉：「契闊八年，豈謂復有見日，漸近中原，辱書尤數，喜出望外。」

笑逐顏開

逐：追隨；顏：臉面，面容；開：舒展開來。笑得使面容舒展開來，形容滿面笑容，十分高興的樣子。

明・施耐庵《水滸傳》第四十二回：「宋江見了，喜從天降，笑逐顏開。」

心花怒放

怒放：盛開。心裏高興得像花兒盛開一樣，形容極其高興。

清・李寶嘉《文明小史》第六十回：「平中丞此時喜得心花怒放，連說：『難為他了，難為他了。』」

怡然自得

怡然：安適愉快的樣子。形容高興而滿足的樣子。

《列子．黃帝》：「黃帝既寤，怡然自得。」

喜形於色

高興的心情顯現在臉上。

唐．吳兢《貞觀政要．納諫》：「太宗聞其言，喜形於色，謂羣臣曰：『……及見魏徵所論，始覺大非道理。』」

2. 怒

暴跳如雷

憤怒得又叫又跳，像打雷一樣猛烈。形容又急又怒，大發脾氣的樣子。

清．吳敬梓《儒林外史》第六回：「嚴貢生越發惱得暴跳如雷。」

悲憤填膺

膺：胸。形容憤怒之情充滿胸中。

清．傷時子《蒼鷹擊》第六折：「草頭朝露，貴賤都虛度。悲憤填膺莫訴，壯懷孤負。」

勃然大怒

勃然：因生氣或驚慌等突然變臉色的樣子。形容突然變臉，發起脾氣來。

《漢書．穀永傳》：「是故皇天勃然發怒。」

瞋目切齒

瞋目：發怒時睜大眼睛。瞪大眼睛，咬緊牙齒，形容極端憤怒的樣子。

《史記・張儀列傳》：「是故天下之游談士莫不日夜搤腕瞋目切齒以言從之便，以說人主。」

大發雷霆

雷霆：比喻震怒。比喻大發脾氣，大聲斥責。

《三國志・吳書・陸遜傳》：「今不忍小忿而發雷霆之怒。」

頓足捶胸

邊跺腳邊擊打胸脯，形容情緒激烈的樣子。

明・施耐庵《水滸傳》第一百零二回：「王砉頓足搥胸道：『是我不該來看那逆種！』」

髮指眥裂

眼角裂開，頭髮上豎，形容憤怒到極點。

《史記・項羽本紀》：「瞋目視項王，頭髮上指，目眥盡裂。」

憤然作色

由於憤怒而變了臉色。

《孫臏兵法・威王問》：「田忌憤然作色：『此六者，皆善者所用，而子大夫曰非其急者也。然則其急者何也？』」

怫然不悦

怫然：憂愁或憤怒的樣子；悅：愉快，高興。指憤怒，很不愉快。

橫眉怒目

橫眉：怒目而視，表示憎恨和輕蔑。眉毛橫豎、雙目圓睜，形容怒視的樣子。

火冒三丈

形容憤怒到極點。

明·施耐庵《水滸傳》第九十三回：「李逵聽了這句話，把那無名火高舉三千丈。」陶菊隱《籌安會六君子傳》：「章太炎以自己慘澹經營《民報》多年，一旦複刑，竟被擯斥，不由得火冒三丈。」

火上澆油

往火上倒油，比喻使人更加憤怒，或助長事態的發展。也作「火上加油」。

元·無名氏《凍蘇秦》第二折：「你只該勸你那丈夫便好，你倒走將來火上澆油。」

疾言厲色

疾：急速。說話急躁，臉色嚴厲，形容對人發怒說話時的神情。

《後漢書·劉寬傳》：「雖在倉卒，未嘗疾言遽色。」

金剛怒目

形容面目威猛可畏。又寫作「金剛努目」。

令人髮指

形容使人極度憤怒，頭髮都豎起來了。

《莊子·盜跖》：「謁者入通，盜跖聞之大怒，目如明星，髮上指冠。」

惱羞成怒

惱：氣惱，惱恨；羞：羞愧。因氣惱和羞愧而惱怒，也作「老羞成怒」，貶義詞。

清·李寶嘉《官場現形記》第六回：「那撫台見是如此，知道王協台有心瞧他不起，一時惱羞成怒。」第三十一回：「烏額拉布見田小辮子説出這樣的話來，便也惱羞成怒。」

怒不可遏

遏：止。憤怒得難以抑制，形容十分憤怒。

清·李寶嘉《官場現形記》第二十七回：「賈大少爺正在自己動手掀王師爺的鋪蓋，被王師爺回來從門縫裏瞧見了，頓時氣憤填膺，怒不可遏。」

怒髮衝冠

指憤怒得頭髮直豎，頂着帽子，形容極端憤怒。

《史記·廉頗藺相如列傳》：「相如因持璧卻立倚柱，怒髮上衝冠。」
宋·岳飛〈滿江紅〉：「怒髮衝冠，憑欄處，瀟瀟雨歇。」

怒火中燒

指怒氣像火一樣在心中燃燒，形容懷着極大的憤怒。

怒目而視

形容目光中充滿怨恨地看着對方。

咆哮如雷

形容人暴怒喊叫的神態。

茅盾《子夜》:「曾滄海舞着那半段鴉片煙槍，咆哮如雷，一手搶起一隻錫燭臺，就又劈面擲過去。」

同仇敵愾

指全體一致痛恨敵人。

《詩經・秦風・無衣》:「修我戈矛，與子同仇。」《左傳・文公四年》:「諸侯敵王所愾，而獻其功。」

義憤填膺

義憤：對違反正義的事情所產生的憤怒；膺：胸。發於正義的憤恨充滿胸中。

3. 哀

黯然銷魂

黯然：心懷沮喪、面色難看的樣子；銷魂：靈魂離開肉體。內心沮喪得好像丟了魂似的，形容非常悲傷或愁苦。

南朝梁・江淹〈別賦〉：「黯然銷魂者，唯別而已矣。」

悲不自勝

勝：能承受。悲傷得自己不能承受，形容極度悲傷。

北周・庾信〈哀江南賦序〉：「《燕歌》遠別，悲不自勝。」

呼天搶地

搶地：觸地。大聲叫天，用頭撞地，形容極度悲傷。

清・吳敬梓《儒林外史》第四十回：「蕭雲仙呼天搶地，盡哀盡禮，治辦喪事，十分盡心。」

熱淚盈眶

盈：充滿；眶：眼眶。因感情激動而使眼淚充滿了眼眶，形容感動至極或非常悲傷。

痛入骨髓

痛到骨頭裏，比喻痛恨或悲傷之極。

《戰國策・燕策三》：「樊將軍仰天太息流涕曰：『吾每念常痛於骨髓，顧計不知所出耳！』」

觸物傷情

觸：觸動，感動。看到某一景物內心感到悲傷。

捶胸頓腳

捶打自己的胸膛，大力踏腳，表示極為悲傷或悲憤。

清・文康《兒女英雄傳》第十九回：「(何玉鳳) 拍着那棺材，捶胸頓腳，放聲大哭。這場哭直哭得那鐵佛傷心，石人落淚。」

奪眶而出

眶：眼的周圍。指眼淚無法控制地從眼裏流出，形容心情非常激動。

茅盾《子夜》：「兩粒大淚珠終於奪眶而出，掉在他的手上。」茅盾《霜葉紅似二月花》：「那忍住了半天的酸淚奪眶而出，再也止不住了。」

老淚縱橫

縱橫：淚流滿面的樣子。老人淚流滿面，形容極度悲傷或激動。

唐・杜甫〈羌村三首〉：「請為父老歌，艱難愧深情。歌罷仰天歎，四座淚縱橫。」

淚流滿面

眼淚流了一臉，形容極度悲傷。

明・羅貫中《三國演義》第一百十回：「言訖，以印綬付之，淚流滿面。」

淒然淚下

淒然：寒涼。形容淒涼悲傷，流下淚來。

明・羅貫中《三國演義》第五十五回：「玄德聽罷，驀然想起在吳繁華之事，不覺淒然淚下。」

泣數行下

眼淚接連不斷的往下掉，形容非常悲傷。

漢・司馬遷《史記・項羽本紀》:「於是項王乃悲歌慷慨，自為詩曰：『力拔山兮氣蓋世，時不利兮騅不逝。騅不逝兮可奈何，虞兮虞兮奈若何！』歌數闋，美人和之。項王泣數行下，左右皆泣，莫能仰視。」

泣涕如雨

泣：低聲哭；涕：眼淚。眼淚像雨一樣，形容極度悲傷。又寫作「泣下如雨」。

《詩經・邶風・燕燕》:「瞻望弗及，泣涕如雨。」

涕泗縱橫

涕，眼淚；泗，鼻涕。眼淚、鼻涕滿臉亂淌，形容極度悲傷。又作「涕泗交流」。

宋・王禹偁〈謝加朝請大夫表〉:「非小臣稽古之力，乃陛下好文之心，涕泗縱橫，亂於縻綆。」

哀痛欲絕

哀痛：悲痛；絕：斷絕，指氣絕。悲傷得要氣絕了。

老舍《鼓書藝人》:「哀痛欲絕和『痛不欲生』；都表示極其悲傷和痛苦。但哀痛欲絕的語義重，偏重在『悲傷』;『痛不欲生』多偏重在『痛苦』;含有痛得不想活，想尋死之意。寶慶給大哥唱了一曲輓歌，直唱得泣不成聲，哀痛欲絕。」

抱頭大哭

形容非常傷心或很是感動的樣子。

清・吳敬梓《儒林外史》:「兩人抱頭大哭,哭了一場坐下。」

肝腸寸斷

比喻傷心到極點。

南朝宋・劉義慶《世說新語・黜免》:「桓公入蜀,至三峽中,部伍中有得猿子者。其母緣岸哀號,行百餘里不去,遂跳上船,至便即絕。破其腹中,腸皆寸寸斷。公聞之怒,命黜其人。」

泣不成聲

哭得噎住了,發不出聲音,形容非常傷心。

清・黃鈞宰《金壺七墨》:「及食不下嚥,泣不成聲。」

如喪考妣

喪:死去;考:已死的父親;妣:已死的母親。好像死了父母一樣地傷心。

《尚書・舜典》:「二十有八載,帝乃殂落,百姓如喪考妣。」

傷心慘目

傷心:使人心痛;慘目:慘不忍睹。形容非常悲慘,使人不忍心看。

唐・李華〈弔古戰場文〉:「傷心慘目,有如是也?」

痛哭流涕

痛哭：盡情大哭；涕：眼淚。形容非常傷心地痛哭。

《漢書．賈誼傳》：「臣竊唯事勢，可為痛哭者一，可為流涕者二，可為長太息者六。」

抱頭痛哭

指十分傷心或感動，抱頭大哭。

清．劉鶚《老殘遊記》第四回：「這裏于家父子同他家裏人抱頭痛哭。」

觸目傷心

看到某種情況而內心傷悲。

清．宣鼎《夜雨秋燈錄．阮封翁》：「赤貧者無力賃屋，男婦老幼皆露處。忽澍雨滂沱，立泥淖中，相向而哭。翁觸目傷心，計極窮人不過百十，費無多，思有以援之。」

傷心疾首

痛心疾首，形容痛心之至。

《五四愛國運動資料，學界風潮記》：「吾民傷心疾首之事，孰有過於是耶！」

寫作舉隅

在後面，選取了幾個學生寫作的段落，還有兩篇我自己寫的文章，供讀者參考。

(1)

上星期，我下課時在學校附近的小攤檔買了魚丸、香腸等零食，吃得**津津有味**。可是，回家後，我**上吐下瀉**，出現了流感的病徵。

媽媽知道後，立刻帶我到急症室。然後，醫生替我打針，並對我說了一個令我**難以置信**的事實：我竟患上霍亂。

接下來的幾天，媽媽**無微不至**的照顧我，給我餵藥，替我量體溫。在她的**悉心照顧**之下，幾天後我終於康復了。這次我生病，看到爸媽為了我的病情**忐忑不安**，媽媽又要上班又要照顧我，弄得**心力交瘁**，真令貪吃的我**後悔莫及**。經過這次教訓，今後我一定會保重身體，注意衞生，不要再讓父母擔心了。

(2)

在這患病的幾天裏，我不能**津津有味**地吃媽媽烹調的佳餚，只能吃**淡而無味**的白粥，多令人沮喪！幸好得到媽媽**悉心照顧**，我才得以**早沾勿藥**。

這次教訓讓我明白到不要亂吃街邊小食，否則後果會**不堪設想**。我很感激媽媽一直以來對我**體貼入微**的照顧。我會用功讀書，長大後成為一位出色的醫生來報答她。

(3)

上星期六，我早上**囫圇吞棗**地溫習完後，下午便**急不及待**地跑到公園去玩。我因為一時心急，所以沒看天氣報告。去到公園時，天空上**一片漆黑**，一會更**淅淅瀝瀝**地下起雨來。我知道該回家去了，可是，貪玩的我**自言自語**，說：「現在只是下着**絲絲小雨**，沒關係，我還可以玩多一會兒……」**不知不覺**，我在這雨水中玩了差不多一小時。這時我開始感到寒冷，甚至在打噴嚏，我才帶着**依依不捨**的心情離開公園。

回到家，我**渾身發燙**，好像火球似的，我的雙頰想必發紅，咽喉乾得要命，還**汗流浹背**，真是**苦不堪言**。糟糕！我一定是患了感冒！

(4)

星期二，我獨自到公園練習足球，因為明天便是我**期待已久**的足球比賽。但是，**天不造美**，竟然下起大雨來，令我全身都被淋濕，冷得**渾身發抖**。

第二天早上，我**全身乏力**，連起牀的力氣也沒有。媽媽對我說：「你發高燒了，讓我幫你向學校請病假吧！」我的身體裏彷彿有一個大火球在燃燒，我的骨好像快散了似的。媽媽**焦急萬分**地送我到醫院。

在候診室中，我聽到一個小男孩**哇哇大哭**的聲音。我頓時感到**坐立不**

安，想：「不會是要打針吧！」我看到有不少病人都**面容憔悴**，**若不勝衣**。「林海恩，請進入三號房！」我的兩條腿卻**不聽使喚**，彷彿一陣風就會把我那**弱不禁風**的身子吹倒。好不容易才進了醫生房，醫生微笑着說：「你患上了感冒，吃點藥就沒事了。」我**喜出望外**地笑了一笑。

我的足球比賽泡湯了！可是，這也令我明白到原來做一件事，如果太勉強自己，是會**弄巧成拙**的。

(5)

一個夏天晚上，媽媽**和顏悅色**地叮囑我晚上睡覺時不要踢被子。我卻把她的話當成「耳邊風」，入睡時因感到很熱而拼命踢被子。媽媽看見了，幫我蓋上較薄的被子，我卻把她的關懷**置之不顧**，把被子踢開。媽媽**無可奈何**，因為怕我着涼，只好把我摟住。

第二天早上，我不斷咳嗽，鼻塞，還**渾身發抖**。這時，媽媽進來我的房間，看見我病苦的樣子，馬上為我量體溫。「三十九度。」我發高燒了！真是令我**大吃一驚**。媽媽馬上拿退燒藥給我服用，還拿來冰墊給我敷上。媽媽每一小時便為我量體溫，她為了照顧我，第二天沒有上班，連續兩晚**徹夜難眠**。

「對不起！」我**氣若柔絲**地說。媽媽**無微不至**的照顧，令我明白了母親的叮囑就像**苦口良藥**，我應該**銘記於心**。

(6)

第二天早上，當我一起牀，媽媽就給我捧上了一碗**熱氣騰騰**的稀粥。那一刻，我感動得**熱淚盈眶**。之後的那幾天，媽媽都**無微不至**地照顧我。幾天之後，我的病痊癒了。

這件事讓我知道媽媽非常愛我，我要努力學習，將來成為**社會棟樑**，以報答她的**養育之恩**。

(7)

耶穌會怎樣回答？　周淑屏

到學校教寫作班的時候，常有老師對我說：「本年度的寫作班跟去年差不多，一樣有兩班，一班是拔尖班，一班是補底班。」

對於離開了學校很久的讀者，也許我需要解釋一下，拔尖班即老師會挑選一些在寫作方面表現較好或天分較佳的學生，讓他們參加寫作班，刻意栽培，令他們的表現更**出類拔萃**。「補底班」是專為一些寫作基礎較差、學習動機較低的學生而設的，希望給他們一帖大補藥，讓他們的表現不再在低位徘徊。

有些老師會問我喜歡教拔尖班還是補底班，我的答案常常令他們**出乎意料**，因為我實在喜歡教補底班多一些。雖然補底班的學生多數反叛一些、愛搗蛋一些、嘈吵一些，對聲線較弱又中氣不足的我來說，的確是十分辛苦的，但補底班的同學仔卻往往能令我**大喜過望**，這是令我**不辭勞苦**也喜歡教他們的原因。

不能諱言拔尖班的學生都是老師**精挑細選**出來的，能參加是榮譽，但這也令到一些學生變得驕傲，當教他們基本功的時候，他們會認為自己都懂得了，不會專心聽課。反而是補底班的學生更加虛心，讓他們感到你是尊重他們、認真教他們的，他們也會懂得尊重你，而且比拔尖班的學生更認真交功課。

再説，補底班的學生給我的驚喜，真是年年新鮮，其中，我最喜歡和朋友分享的，是下面這個故事。

去年，任教於一間位於北區的中學，負責的老師告訴我這班學生多是成績較差、**無心向學**且不大守紀律的，囑我多注意點，課堂上紀律控制不了可向他求助。

已經上了幾課，課堂上的秩序還是沒有改善，不留心的仍是不留心，愛説話的仍是愛説話，我還是得拿着咪加大聲量喊叫。

接近下課時，我叮囑學生交出在課堂上寫作的功課。當大部分學生交出功課離開課室後，最後三個學生邊揚起手中又縐又破的作文紙，邊**嬉皮笑臉**的説：「他撕破了我的作文紙……」「你看，我把作文紙弄得縐成這樣……」

我皺了皺眉，在想這三個平時最愛鬧的學生又搞什麼花樣。他們走近圍着我站着，模仿電影中「講數」的口吻問我：

「如果我們不交作文又怎樣？」一個問。

「會有大懲罰嗎？」另一個問。

「會扣考試分？」另一個帶着一臉戲謔。

這分明是一種**挑釁**，對於他們的**出言無狀**，也許他們會認為我會**怫然不悅**或更會**疾言厲色**地斥責他們，然而，此刻讓我**搜索枯腸**的是：我該怎樣回答才讓他們不感到高壓或敵意？苦思了幾秒，我突然想：主耶穌會怎樣回答他們？

然後，我回答：「不交作文也不會受到懲罰的，希望你們交功課，只想看看你們在課堂上吸收到多少，作文時會不會犯什麼錯誤，想為你們更正而已。」

他們聽了，先是一笑，然後**一聲不響**的，其中一個努力用手掌把弄縐了的作文紙掃平，另一個拿了釘書機把被撕成兩截的作文紙釘合，一個拿了膠紙把撕破了的作文紙細心黏好。然後，三個學生**必恭必敬**的把作文紙遞給我，齊聲有禮的對我說：「老師再見。」

直到現在，那一聲「老師再見」仍在我**耳邊縈繞**，我仍會拿出那幾張用釘釘住、用膠紙黏好的作文紙來看……。在其中，我看到尊重別人、誠心希望別人好、對別人有美好期望所發揮的奇妙作用。

(8)

慶幸我曾經這樣頑劣　　周淑屏

到學校教寫作班時，有時我會為自己從前也是一個頑皮的學生而感到慶幸。

課室秩序管理是一門大學問，講課時有時會看到學生在睡覺、在聊天、在偷吃糖；女生不斷在梳頭，男生甚至離開座位走去捉弄同學……

這時，身為老師的也許會感到不受尊重、被冒犯，如果那位老師從前是一個模範學生、**規行矩步**或對自己要求很高的，他 / 她也許就會**大動干戈**，要罵學生一頓，甚至**訴諸懲罰**了。

我從前也曾認為要嚴厲對學生才能建立威信、搞好課堂秩序，但自從一次看了學生的問卷調查之後，我的想法改變了。

我教的某間小學每年年終都會讓學生為所參加的課外活動填問卷，之後負責老師會將結果告知導師。某次我看到調查的結果是小朋友對我教的大致滿意，但有好幾個小朋友在評語中寫自己上課時感到不開心，因為導師太嚴厲。

當時我的感覺是——真箇**罪大惡極**啊！小朋友的童年該是充滿歡樂的，而課外活動的氣氛該比上課輕鬆，興趣班更應該讓小朋友感到有趣啊！

然後我回想起，自己童年時曾是一個**不折不扣**的頑童。放暑假的第一天，就走上天台把暑期作業一本一本的扔到街上（如今看來是犯了高空擲物的大罪）；試過兩次趁同學離開座位時，拿開他的座椅，讓沒察覺的他跌坐在書包上（如今看來那是非常危險的事，會讓同學受傷，令自己被起訴）；跟鄰座的同學聊天聊得**不亦樂乎**，讓本來脾氣很好的模範生也忍不住跑過來大罵我一頓……

諸如此類的惡行真是**罄竹難書**，可是當時卻得到老師的包容，對我**循循善誘**，那麼，我如今為什麼不可以包容這些小朋友，對他們循循善誘呢？然後我想起自己學生時代之所以表現這麼頑劣，多半因為感到那堂課有點悶。

中學時代曾經有一位教中史的老師，每逢下午上兩堂連堂的課時，他都會用上三分一至半課節來講鬼故。他不是偷懶，只是見我們飯氣攻心，怕我們睡着了，所以寧願犧牲半堂課時去換取我們餘下的一堂半留心。聽他講鬼故時，半班同學嚇醒半班同學笑醒了，鬼故事講完，我們都**抖擻精神**聽餘下的課，一來因為真的醒了，二來因為恐怕我們不留心聽書的話，下一堂老師不再給我們講鬼故。

反省過後，我明白到上課時學生在睡覺、在聊天、在偷吃糖、在梳頭，也許真的因為上我的課太悶了，於是，我開始在課堂中也講些小故事，教小學生時偶爾會和他們玩遊戲，或者會想一些比較有趣的方法，讓學生容易記住學到的。譬如昨天的課教到記敍六要素時，我想到他們應該都聽過「至尊街頭魔法王」中吳若希的叫聲，於是，我也模仿她的叫聲 —— 點解呀 —— 那是六要素中的原因；點會咁嘅、做咩呀 —— 寫記敍文時還要仔細寫清楚經過……如此這般，希望學生想起這叫聲時，會**會心微笑**，同時想起記敍六要素的重點。

慶幸我曾經這樣頑劣，從來不是乖孩子，讓我明白孩子所以頑皮的原因；慶幸我從前生於貧家，從來不是富孩子，讓我明白窮孩子的艱難；慶幸我的少年時代曾經面對逆境，從來不是幸福孩子，讓我稍能明白逆境中孩子的需要；慶幸我們有時軟弱，從不完美，讓我們可以為他人**設身處地**，可以謙卑、清心的倚靠神……

努力地用較有趣的方法教學生終得到回報了，在以「我生病了」為題的作文中，我看到兩個學生這樣寫：「糟糕了，醫生説我患上了感冒，囑我在家多休息，明天我不能上我最喜歡的寫作課了……」

詞語遊戲

疊字詞語

搖搖欲墜

搖搖：搖動，搖晃；墜：落下。形容十分危險，很快就要掉下來，或不穩固，很快就要垮台。

明·羅貫中《三國演義》第一百零四回：「眾視之，見其色昏暗，搖搖欲墜。」

朝氣勃勃

朝：早上；勃勃：旺盛的樣子。形容充滿生氣，意志昂揚。

清·袁枚《隨園詩話》卷十五：「余選錢文敏公詩甚少，家人誤抄十餘章，余讀之，生氣勃勃，悔知公未盡。」

靡靡之音

靡靡：柔弱，萎靡不振。使人萎靡不振的音樂，指頹廢的、低級趣味的樂曲。

《韓非子·十過》：「此師延之所作，與紂為靡靡之樂也。」

循循善誘

循循：有次序的樣子；善：善於；誘：引導。指善於引導別人進行學習。

《論語·子罕》：「夫子循循然善誘人。」

沸沸揚揚

像沸騰的水一樣喧鬧，形容人聲喧鬧。

渾渾噩噩

渾渾：深厚的樣子；噩噩：嚴肅的樣子。原意是渾厚而嚴正，後形容糊糊塗，愚昧無知。

漢．揚雄《法言．問神》：「虞夏之書渾渾爾，商書灝灝爾，周書噩噩爾。」

依依不捨

依依：依戀的樣子；捨：放棄。形容捨不得離開。

明．馮夢龍《醒世恆言．盧太學詩酒傲王侯》：「那盧柟直送五百餘里，兩下依依不捨。」

寥寥可數

形容數量很少，數得出來。

滔滔不絕

滔滔：形容流水不斷。像流水那樣毫不間斷，指話很多，說起來沒完沒了。

五代後周．王仁裕《開元天寶遺事．走丸之辯》：「張九齡善談論，每與賓客議論經旨，滔滔不竭，如下阪走丸也。」

元元本本

元元：事物本源；本本：尋求根本。原指探索事物的根由底細，後指詳細敘述事情的全部起因和整個過程，一點不漏。又寫作「原原本本」、「源源本本」。

鬱鬱寡歡

鬱鬱：發愁的樣子；寡：少。形容心裏苦悶，悶悶不樂。

戰國楚．屈原《九章．抽思》：「心鬱鬱之憂思兮，獨永歎乎增傷。」

戰戰兢兢

戰戰：恐懼的樣子；兢兢：小心謹慎的樣子。形容非常害怕而微微發抖，也形容小心謹慎的樣子。

《詩經．小雅．小旻》：「戰戰兢兢，如臨深淵，如履薄冰。」

野心勃勃

勃勃：旺盛的樣子。形容野心非常大。

清．陳天華《獅子吼》第一回：「這一位大帝野心勃勃，就想把世界各國盡歸他的宇下。」

衣冠楚楚

楚楚：鮮明、整潔的樣子。衣帽穿戴得整齊漂亮，也寫作「衣裳楚楚」。

《詩經．曹風．蜉蝣》：「蜉蝣之羽，衣裳楚楚。」

鼎鼎大名

形容名氣很大。

遙遙無期

形容時間還遠得很，不知道哪一天。

文質彬彬

文：文采；質：實質；彬彬：形容配合適當。原形容人既文雅又樸實，後形容人文雅有禮貌。

《論語．雍也》：「質勝文則野，文勝質則史，文質彬彬，然後君子。」

栩栩如生

栩栩：活潑生動的樣子。指藝術形象非常逼真，如同活的一樣。

《莊子．齊物論》：「昔者莊周夢為蝴蝶，栩栩然蝴蝶也，自喻適志與！不知周也。俄然覺，則蘧蘧然周也。」

岌岌可危

岌岌：山高陡峭，就要倒下的樣子。形容非常危險，快要傾覆或滅亡。

《孟子．萬章下》：「天下殆哉，岌岌乎！」

三三兩兩

三個兩個地在一起，形容人數不多。

宋．郭茂倩《樂府詩集．清商曲辭．嬌女詩》：「行不獨自去，三三兩兩俱。」宋．辛棄疾〈念奴嬌．雙陸〉：「袖手旁觀初未說，兩兩三三而已。」

落落大方

落落：坦率、開朗的樣子。形容言談舉止自然大方。

息息相關

息：呼吸時進出的氣。連呼吸也相互關聯，形容彼此的關係非常密切。

源源不絕

源源：水流不斷的樣子。形容接連不斷。

《孟子．萬章上》：「欲常常而見之，故源源而來。」

孜孜不倦

孜孜：勤勉，不懈怠。指工作或學習勤奮不知疲倦。

《三國志．蜀書．向朗傳》：「乃更潛心典籍，孜孜不倦。」

振振有詞

理直氣壯的樣子。形容自以為理由很充分，説個不休。

清．梁啟超〈關稅權問題〉：「今者外人之以排外相誣者，既振振有詞，其烏可更為無謀之舉，以授之口實也。」

朝朝暮暮

從早到晚，天天如此。

嗷嗷待哺

嗷嗷：哀鳴聲；待：等待；哺：餵食。飢餓時急於求食的樣子，形容受飢餓的悲慘情景。

《詩經．小雅．鴻雁》：「鴻雁於飛，哀鳴嗷嗷。」漢．荀悅《漢紀．成帝紀三》：「作治數年，天下遍被其勞，國家疲敝，府庫空虛，下至眾庶，嗷嗷苦之。」

多多益善

愈多愈好。

洋洋得意

形容得意時神氣十足的姿態。

洋洋大觀

洋洋：盛大、眾多的樣子；大觀：豐富多采的景象。形容美好的事物眾多豐盛。

《莊子．天地》：「夫道，覆載萬物者也，洋洋乎大哉！」

英姿颯爽

英姿：英勇威武的姿態；颯爽：豪邁矯健。形容英俊威武、精神煥發的樣子。

唐．杜甫《丹青引贈曹將軍霸》：「褒公鄂公毛髮動，英姿颯爽來酣戰。」

戀戀不捨

原形容極其愛慕，不能丟開，後多形容非常留戀，捨不得離開。

宋．王明清《揮麈後錄》卷六：「（蔡）元度送之郊外，促膝劇談，戀戀不能捨。」

默默無聞

無聲無息，沒人知道，指沒有什麼名聲。

《晉書．祖納傳》：「僕雖無能，非志不立，故疾沒世而無聞焉。」

熙熙攘攘

熙熙：和樂的樣子；攘攘：紛亂的樣子。形容人來人往，非常熱鬧擁擠。

《史記・貨殖列傳》：「天下熙熙，皆為利來；天下攘攘，皆為利往。」

議論紛紛

不能決定哪個是對的，彼此不斷討論，形容意見分歧，沒有一致的看法。

清・吳趼人《痛史》第三回：「諸將或言固守待援，或言決一死戰，或言到臨安求救。議論紛紛，莫衷一是。」

諄諄告誡

諄諄：教誨不倦的樣子；告誡：規勸。懇切耐心地勸告。

《詩經・大雅・抑》：「誨爾諄諄，聽我藐藐。」

蒸蒸日上

蒸蒸：上升、興盛的樣子。形容事業一天天向上發展。

草草了事

草率地把事情結束了。

濟濟一堂

形容很多有才能的人聚集在一起。

形形色色

指各式各樣，種類很多。

洋洋灑灑

洋洋：盛大、眾多的樣子；灑灑：明白、流暢的樣子。形容文章或談話豐富明快，連續不斷。

面面相覷

你看我，我看你，不知道如何是好。形容人們因驚懼或無可奈何而互相望着，都不說話。

明・張岱〈海志〉：「舟起如簸，人皆瞑眩，蒙被僵臥，懊喪此來，面面相覷而已。」

寥寥無幾

非常稀少，沒有幾個。

清・李寶嘉《文明小史》第一回：「連做詩賦的也寥寥無幾。」

姍姍來遲

姍姍：形容走得緩慢從容。慢騰騰地來晚了。

《漢書・孝武李夫人傳》：「立而望之，翩何姍姍其來遲。」

憂心忡忡

忡忡：憂慮不安的樣子。形容心事重重，非常憂愁。

《詩經・召南・草蟲》：「未見君子，憂心忡忡。」

躍躍欲試

躍躍：急於要行動的樣子；欲：想。形容急切地想試試。

清．李寶嘉《官場現形記》第三十五回：「一席話說得唐二亂子心癢難抓，躍躍欲試。」

沾沾自喜

形容自以為不錯而得意的樣子。

《史記．魏其武安侯列傳》：「魏其者，沾沾自喜耳。」

與虎謀皮
緣木求魚
狼狽為奸
懸崖勒馬
亡羊補牢
黔驢技窮
騎虎難下

四

精闢的說理

已經到了上課的時間，沒想到這四個學生還在玩角色扮演。

「我是 Aunt Carie，我的決定就是一錘定音，你只要聽我的話去做，那麼距離成功就只是一步之遙，我們一定要得的。」樂曦扮作老氣橫秋的說。

「一定 duck ？你在説什麼？我是樹根博士，我很忙的，你不要再明張目膽地拿這些雞毛鴨蒜的小事情來煩我好嗎？」志泫一本正經的說。

「樹根博士，你又用錯成語了，應該是明目張膽和雞毛蒜皮呀！你可不可以知錯能改、勇於改過，改正自己亂用成語的錯誤呀？」嘉欣嚴肅地指正。

「知錯能改、勇於改過？對哩，學校的老師就是要我寫一篇論説文，談談對『知錯能改，善莫大焉』這句話的看法，我正茫無頭緒哩！你們快不要玩了，讓我向老師請教寫議論文的方法吧！」樂行對他們三個說。

「你們有沒有留意我們剛才運用的成語都是和數字、動物有關的，我們來玩成語遊戲，看誰説得最多和數字、動物有關的成語。」愛玩的志浤提議。

「不好，這不夠難度，這樣吧！我們比賽用和數字、動物有關的成語寫議論文吧！」樂曦向他挑戰。

「樂曦的提議很好，你們有沒有信心接受挑戰？」我説。

「信心一定有的，但可以請老師先告訴我們寫議論文的竅門嗎？樂行鍥而不捨。

「寫作議論文內容必備的語例、史例、事例、設例你們必定學過了吧？」我問。

他們點頭。

我接着説：「那麼多看中外歷史故事可以豐富我們的史例；多留意報章、新聞網的時事可以豐富我們的事例；多念誦一些諺語、名言，可以豐富我們的語例，這些你們也該知道的。」

「知道。」他們答。

「餘下的，該是活用四字詞了，運用精練、恰當的四字詞，是可以加強議論文的説服力的。既然樂曦提議比賽用和數字、動物有關的成語寫議論文，我們就試試吧。」我續説。

「老師，就以我要寫的這個題目為例可以嗎？題目談談對『知錯能改，善莫大焉』這句話的看法。」樂行説。

「樂行，你知道『知錯能改，善莫大焉』這句話的出處嗎？」我問。

「不知道啊！」樂行答。

「那我們先看看這句話的出處吧！其實這歷史故事也可當史例用於文章內容上的。」我説，然後向他們敍述這歷史故事：

「人誰無過？過而能改，善莫大焉。」這句話出自一個反面教材的故事，話説春秋時代有一個壞事做盡、殺人不眨眼的王帝晉靈公，他做了許多自己也知道是大錯特錯的事，卻不知悔改，有大臣指出他的錯處，他竟然找刺客去殺對方。

晉靈公不是一個好國君，他向人民徵收重税來滿足自己的奢侈生活。他從高台上用彈弓射行人，觀看他們躲避彈丸的樣子，以此娛樂自己。廚師沒有把熊掌煮熟，他就把廚師殺了，放在筐裏，讓宮女們抬着經過朝廷。

大臣趙盾和士季看見筐外露出人手，便向人詢問廚師被殺的原因，因此為晉靈公的暴虐無道感到憂慮。他們打算規勸晉靈公，士季對趙盾說：「如果你去進諫而國君不聽，那就沒有人能接着進諫了。讓我先去規勸，他不接受，你就接着去。」

士季去見晉靈公時往前走了三次，到了屋簷下，晉靈公才抬頭看他說：「我已經知道自己的過錯了，打算改正。」士季叩頭回答說：「哪個人能不犯錯誤呢？犯了錯誤能夠改正，沒有比這更大的好事了。（「人誰無過？過而能改，善莫大焉。」）《詩・大雅・蕩》說：『事情容易有好開端，但很難有個好結局。』如果這樣，那麼能彌補過失的人就太少了。你如能始終堅持改過，就一定能做好國君的責任。《詩・大雅・蒸民》又說：『天子有了過失，只有仲山甫來彌補。』這是說周宣王能補救過失。國君能夠彌補過失，君位就會牢固了。」

可是晉靈公並沒有改過，趙盾又多次勸諫，使晉靈公感到討厭，晉靈公便派鉏麑去刺殺趙盾。刺客鉏麑一大早就去了趙盾的家，只見臥室的門開着，趙盾穿戴好朝服準備上朝，時間還早，他坐着假寐。

鉏麑退了出來，感歎地說：「他真是一個盡忠職守的臣子啊！殺了他，這是不忠；背棄國君的命令，這是失信。我沒法在其中作出抉擇，唯有選擇結束自己的生命吧！」於是，一頭撞在槐樹上死了。

· ◆ · ◆ ·

「好了，故事說完，我們來做一些運用四字詞的練習吧！這份資料有許多與數字、動物有關的成語，你們就試試在其中選用一些成語用以討論吧！記住寫議論文的用詞要比較斬釘截鐵、義正詞嚴，這樣才會立場鮮明、說服力強。」我說。

「好吧，老師，先讓我試試。」嘉欣說，「我認為對於像晉靈公這樣豺狼成性的人作出勸諫，簡直就是與虎謀皮，是不可能成功的，跟緣木求魚沒兩樣。」

「對啊，我贊成，」志泫附和，「跟這樣的人講道理，根本就是對牛彈琴，而且令自己置身險境，簡直是飛蛾撲火一樣。」

「你們這樣說我可不同意了。國君做錯事不勸止他，難道和他狼狽為奸嗎？你們記得嗎？晉靈公曾回答士季說：『我已經知道自己的過錯了，打算改正。』所謂一言既出，駟馬難追，如果晉靈公能夠懸崖勒馬，亡羊補牢，他還是可以成為好國君的。」樂行說。

「唉，晉靈公派刺客殺人沒得手，已黔驢技窮了，騎虎難下的他，不知又會使出什麼骯髒手段呢？」樂曦說。

「大家運用和動物有關的成語很不錯，至於這故事的下文，你們可以上網找找看。寫議論文最好要正反兩面的論據兼備，晉靈公的故事可說是反面論據，我們來說說正面的吧！」說完這話，我為他們說另一歷史故事。

歷史上有一位以勇於改過聞名的君王 —— 齊威王，他身邊也有一位忠臣鄒忌。鄒忌身材高大，容貌俊美。某天早上他穿着好了，正看着鏡子時，對他的妻子說：「我與城北的徐公相比，哪一個更俊美？」他妻子說：「當然是你比較俊美，徐公怎及得上你呢？」城北的徐公，是齊國的有名美男子。鄒忌不相信自己會比徐公俊美，於是又問他的妾和客人，他們都說徐公不及他俊美。第二天，徐公來了，鄒忌仔細地看他，自覺不及他俊美；之後照鏡子再仔細地看自己，又覺得自己遠不及他。他於是悟出這樣的道理：「我妻子以我為美，是因為偏愛我；小妾以我為美，是因為害怕我；客人以我為美，是因為有事相求於我。」

鄒忌於是上朝拜見齊威王，將上面的事告訴他，然後說：「如今齊國土地方圓千里，有一百二十座城池，宮裏的妃嬪和侍從們，沒有誰不偏愛大王；朝廷內的大臣沒有誰不害怕大王；全國的百姓沒有誰不有求於大王。由此看來，大王你受到的蒙蔽一定很大了！」

齊威王聽明白了他的話，於是下了這樣的命令：「所有的大臣、官吏、百姓能夠當面指出我的過錯的，可得到上等獎賞；上書直言勸諫我的，可得到中等獎賞；在公共場所中議論我的缺點，傳到我耳中的，可得下等獎賞。」命令剛下達，羣臣都來進諫，門前、院子中像市集一樣堆滿了人；幾個月以後，大臣們還偶爾來進諫；一年以後，即使想進諫，已沒什麼可説的了。燕、趙、韓、魏等國聽説後，都到齊國來朝見，這是因為齊王勇於改正齊國錯誤，令政治修明，不用出兵，已能令各國聞風歸附。

「好了，現在大家嘗試運用有關數字的四字詞語來討論吧！」我説。

「老師，讓我先來拋磚引玉，」志泫一馬當先，「齊威王的命令一出，大臣、官吏、百姓等就可以百花齊放的批評他，來自四面八方的批評就如百川歸海，只要齊威王本着百折不撓的精神堅持改過，就必定可以成為百年不遇的明君。」

「接着讓我來吧！」嘉欣説，「剛才志泫接連運用了四個有百字的四字詞，很厲害啊！且看我的。我認為臣民的千慮一得，他們提出的批評齊威王肯聽進去並作出改善的話，足以令國家有一日千里的發展，成就更足以照耀千秋萬代。」

「嘉欣運用了三個有千字的四字詞，很厲害啊！那我只能說：齊威王跟晉靈公相比，真是千差萬別，只要他堅持改過，不要一曝十寒，一定可以一呼百應、揚名立萬的。」樂曦說。

「老師，我想我應該掌握到寫作議論文和活用四字詞的方法了。」樂行信心滿滿的說。

「我們也一樣。」嘉欣、樂曦、志泫齊聲說。

「那就好了， 大家一起努力吧！」我說。

四字詞語舉隅

有關數字的四字詞語

（四字詞語下附有解釋，亦多數列舉了古今文學作品中的使用範例，供讀者參考。）

一

一步登天

登：上。一步跨上青天，比喻一下子就達到很高的境界或程度，有時也用來比喻人突然得志，爬上高位。

清・徐珂《清稗類鈔・三十四》：「巡檢作巡撫，一步登天，監生當監臨，斯文掃地。」

一日千里

原形容馬跑得很快，後比喻進展極快。

《莊子・秋水》：「騏、驥、驊、騮，一日而馳千里。」《史記・刺客列傳》：「臣聞騏驥盛壯之時，一日而馳千里；至其衰老；駑馬先之。」

一刻千金

一刻時光，價值千金，形容時間非常寶貴。

宋・蘇軾〈春夜〉：「春宵一刻值千金，花有清香月有陰。」

一唱一和

一個先唱，一個隨聲應和，原形容兩人感情相通，後也比喻二人互相配合，互相呼應。

一呼百應

一個人呼喊，馬上有很多人回應。

漢・韓嬰《韓詩外傳》第五卷：「當前快意，一呼再諾者，人隸也。」

一乾二淨

形容一點也不剩。

清・李汝珍《鏡花緣》第十回：「他是『一毛不拔』，我們是『無毛不拔』，把他拔的一乾二淨，看他如何。」

一舉兩得

做一件事得到兩方面的好處。

《晉書・束晳傳》：「賜其十年炎復，以慰重遷之情，一舉兩得，外實內寬。」

一模一樣

樣子完全相同。

清・吳敬梓《儒林外史》第五十四回：「今日抬頭一看，卻見他黃着臉、禿着頭，就和前日夢裏揪他的師姑一模一樣，不覺就懊惱起來。」

一曝十寒

曝：曬。原意是說，雖然是最容易生長的植物，曬一天，凍十天，也不可能生長。比喻學習或工作一時勤奮，一時又懶散，沒有恆心。

《孟子・告子上》：「雖有天下易生之物也，一日曝之，十日寒之，未有能生者也。」

一本正經

原指一部合乎道德規範的經典，後用以形容態度莊重嚴肅，鄭重其事。

一見如故

故：老朋友。初次見面就像老朋友一樣合得來。

宋・張洎《賈氏譚錄》：「李鄴侯為相日，吳人顧況西游長安，鄴侯一見如故。」

一脈相承

從同一血統、派別世代相承流傳下來，指某種思想、行為或學說之間有繼承關係。

宋・錢時《兩漢筆記》卷十一：「是故言必稱堯舜，而非堯舜之道則不敢陳於王前，一脈相承，如薪傳火，無他道也。」

一目了然

目：看；了然：清楚，明白。一眼就看得很清楚。

明・張岱〈皇華考序〉：「可見按圖索籍，三溪道路，一目了然。」

一竅不通

竅：洞，指心竅。沒有一竅是貫通的，比喻一點兒也不懂。

《呂氏春秋・過理》：「殺比干而視其心，不適也。孔子聞之曰：『其竅通，則比干不死矣。』」高誘注：「紂性不仁，心不通，安於為惡，殺比干，故孔子言其一竅通則比干不見殺也。」

一視同仁

原指聖人對百姓一樣看待，同施仁愛，後多表示對人同樣看待，不分厚薄。

唐・韓愈〈原人〉：「是故聖人一視同仁，篤近而舉遠。」

一成不變

成：制定，形成。一經形成，不再改變，也用以形容人只會因循而不懂變通。

《禮記・王制》：「一成而不可變，故君子盡心焉。」

一帆風順

船掛着滿帆順風行駛，比喻非常順利，沒有任何阻礙。

唐・孟郊〈送崔爽之湖南〉：「定知一日帆，使得千里風。」

一鼓作氣

一鼓：第一次擊鼓；作：振作；氣：勇氣。第一次擊鼓時士氣振奮，比喻趁勁頭大的時候鼓起幹勁，一口氣把工作做完。

《左傳・莊公十年》：「夫戰，勇氣也。一鼓作氣，再而衰，三而竭。」

一哄而散

哄：吵鬧。形容聚在一起的人一下子吵吵嚷嚷地走散了。

明・沈德符《萬曆野獲編・壬戌科罷選起士》第十卷：「御筆硃書四大字，曰：『今年且罷』。於是一哄而散。」

一如既往

指態度沒有變化，完全像從前一樣。

張揚《第二次握手》:「清末以來，到海外求學的中國人何止千百，在學業上有成就的也大有人在；可是，中國又窮又弱的現狀一如既往，絲毫無所改變。」

一絲不苟

苟：苟且，馬虎。指做事認真細緻，一點兒不馬虎。

清．吳敬梓《儒林外史》第四回:「上司訪知，見世叔一絲不苟，升遷就在指日。」

一言難盡

形容事情曲折複雜，不是一句話能說清楚的，多用在不好的事情上。

一朝一夕

朝：早晨；夕：晚上。一個早晨或一個晚上，形容很短的時間。

《周易．坤》:「臣弒其君，子弒其父，非一朝一夕之故，其所由來者漸矣。」

一針見血

比喻說話直截了當，切中要害。

一知半解

知道得不全面，理解得也不透徹。

宋．嚴羽《滄浪詩話．詩辨》:「有透徹之悟，有但得一知半解之悟。」

一表人才

表：指外貌。形容人容貌俊秀端正。

元．關漢卿《望江亭》第一折：「夫人，放着你這一表人物，怕沒有中意的丈夫？」

一波三折

原指寫字的筆法曲折多變，後比喻文章的結構起伏曲折，也比喻事情進行中意外的變化很多。

晉．王羲之〈題衞夫人筆陣圖〉：「每作一波，常三過折筆。」宋．佚名《宣和書譜．太上內景經》卷五：「然其一波三折筆之勢，亦自不茍。」

一籌莫展

籌:籌畫、計謀;展:施展。一點計策也施展不出，一點辦法也想不出來。

《宋史．蔡幼學傳》：「其極至於九重深拱而羣臣盡廢，多士盈庭而一籌不吐。」

一觸即發

觸：碰；即：就。原指把箭扣在弦上，拉開弓等着射出去，後比喻事態發展到了十分緊張的階段，稍一觸動就立即會爆發。

清．梁啟超《論中國學術思想變遷之大勢》：「積數千年民族之精髓，遞相遺傳，遞相擴充，其機固有磅礴鬱積，一觸即發之勢。」

一刀兩斷

一刀斬為兩段，比喻堅決斷絕關係。

《朱子語類．論語二十七》：「觀此可見克己者是從根源上一刀兩斷，便斬絕了，更不復萌。」

一技之長

技：技能，本領；長：擅長、長處。指有某種技能或特長。

清．鄭燮《鄭板橋集．家書．淮安舟中寄舍弟墨》：「愚兄平生漫罵無禮，然人有一才一技之長，一行一言之美，未嘗不嘖嘖稱道。」

一蹶不振

蹶：跌倒；振：振作。一跌倒就再也爬不起來，比喻遭受一次挫折以後就再也振作不起來。

漢．劉向《說苑．說叢》：「一噎之故，絕穀不食，一蹶之故，卻足不行。」

一勞永逸

逸：安逸。辛苦一次，把事情辦好，以後就可以不再費力了。

漢．班固〈封燕然山銘〉：「茲可謂一勞而久逸，暫費而永無寧者也。」

一鳴驚人

鳴：鳥叫。一叫就使人震驚，比喻平時沒有突出的表現，一下子做出驚人的成績。

《韓非子．喻老》：「雖無飛，飛必沖天；雖無鳴，鳴必驚人。」《史記．滑稽列傳》：「此鳥不飛則已，一飛沖天；不鳴則已，一鳴驚人。」

一念之差

念：念頭、主意；差：錯誤。一個念頭的差錯，或造成嚴重後果。

宋・曾慥《類說・遯齋閒覽》：「一念之誤，乃至於此。」

一貧如洗

窮得像用水洗過似的，什麼都沒有，形容十分貧窮。

元・關漢卿《感天動地竇娥冤》楔子：「小生一貧如洗，流落在這楚州居住。」

一氣呵成

一口氣完成。形容文章結構緊湊，文氣連貫，也比喻做一件事安排緊湊，迅速不間斷地完成。

明・胡應麟《詩藪・近體中》：「若『風急天高』，則一篇之中句句皆律，一句之中字字皆律，而實一意貫串，一氣呵成。」

一清二白

比喻清楚、明白，同「一清二楚」。

清・李綠園《歧路燈》：「貫李魁道：『王紫泥，張繩祖他倆個，現在二門外看審官司哩。老爺只叫這二個到案，便一清二白。』」

一掃而空

一下子便掃除乾淨，比喻徹底清除。

宋・蘇軾〈題王逸少帖〉：「出林飛鳥一掃空。」

一息尚存

息：呼吸，氣息；尚：還。還有一口氣，指生命的最後階段。

《論語．泰伯》：「死而後已，不亦遠乎！」朱熹注：「一息尚存，此志不容少懈，可謂遠矣。」

一廂情願

只考慮單方面的願望，而不考慮另一方是否願意。

金．王若虛《滹南遺老集》：「晏殊以為柳勝韓，李淑又謂劉勝柳，所謂『一廂情願』。」

略勝一籌

籌：籌碼，古代用以計數的工具，多用竹子製成。比喻比較起來，稍微好一些。

清．蒲松齡《聊齋志異．辛十四娘》：「小生所以忝出君上者，以起處數語，略高一籌耳。」

二

兩敗俱傷

鬥爭雙方都受到損傷，誰也沒得到好處。

《史記．張儀列傳》：「有頃，兩虎果鬥，大者傷，小者死，莊子從傷者而刺之，一舉果有雙虎之功。」

兩面三刀

比喻要手段的兩面派手法，當面一套，背後一套。

元·李行道《灰闌記》第二折：「豈知他有兩面三刀，向夫主廝搬調。」

兩全其美

指做一件事顧全到雙方，使兩方面都得到好處。

元·無名氏《連環計》第三折：「司徒，你若肯與了我呵，堪可兩全其美也。」

兩小無猜

男女小時候在一起玩耍，沒有猜疑。

唐·李白〈長干里行〉：「同居長干里 ，兩小無嫌猜。」

兩袖清風

衣袖中除清風外，別無所有。比喻做官廉潔，也比喻窮得一無所有。

元·陳基〈次韻吳江道中〉詩：「兩袖清風身欲飄，杖藜隨月步長橋。」

進退兩難

前進和後退都難，比喻事情無法決定，因而難以行動。

宋·許洞《虎鈐經》：「凡攻城之兵……進退又難，前既不得上城，退則其師逼追。」

獨一無二

沒有相同的或沒有可以相比的。

宋·延壽《宗鏡錄》第三十一卷：「獨一無二，即真解脫。」

說一不二

說怎麼樣就怎麼樣，形容說話算數。

三

三長兩短

指意外的災禍或事故，特指人的死亡。

明・范文若《鴛鴦棒・恚剔》:「我還怕薄情郎折倒我的女兒，須一路尋上去，萬一有三長兩短，定要討個明白。」

三顧茅廬

顧：拜訪；茅廬：草屋。原為漢末劉備訪聘諸葛亮的故事，比喻真心誠意，一再邀請。

三國蜀・諸葛亮〈出師表〉:「先帝不以臣卑鄙，猥自枉屈，三顧臣於草廬之中。」

三令五申

令：命令；申：表達，說明。多次命令和告誡。

《史記・孫子吳起列傳》:「約束既布，乃設鐵鉞，即三令五申之。」

三生有幸

三生：佛家指前生、今生、來生；幸：幸運。三世都很幸運，比喻非常幸運。

元・吳昌齡《東坡夢》第一折:「久聞老師父大名，今日得睹尊顏，三生有幸。」

三思而行

三：再三，表示多次。指經過反復考慮，然後才去做。

《南齊書．公治度》：「季文子三思而後行。」

三頭六臂

三個腦袋，六條胳臂。原為佛家語，指佛的法相，後比喻神奇的本領。

宋．釋道原《景德傳燈錄》卷十三：「三頭六臂驚天地，憤怒那吒撲帝鍾。」

三心二意

又想這樣又想那樣，猶豫不定，常指不安心，不專一，也寫作「三心兩意」。

元．關漢卿《趙盼兒風月救風塵》第一折：「爭奈是匪妓，都三心二意。」

三言兩語

幾句話，形容話很少。

元．關漢卿《趙盼兒風月救風塵》第二折：「我到那裏，三言兩句，肯寫休書，萬事俱休。」

半夜三更

一夜分為五更，三更是午夜十二時，指深夜。

元．馬致遠《江州司馬衫淚》第三折：「這船上是什麼人，半夜三更，大呼小叫的。」

入木三分

相傳王羲之在木板上寫字，木工刻時，發現字跡透入木板三分深。形容書法極有筆力，後多比喻分析問題很深刻。

唐．張懷瓘《書斷．王羲之》:「王羲之書祝版，工人削之，筆入木三分。」

四

四海為家

原指帝王佔有全國，後指什麼地方都可以當作自己的家。指志在四方，不留戀家鄉或個人小天地。

《漢書．高帝本紀》:「且夫天子以四海為家。」

四分五裂

形容不完整，不集中，不團結，不統一。

《戰國策．魏策一》:「張儀為秦連橫説魏王曰:『魏南與楚而不與齊，則齊攻其東；東與齊而不與趙，則趙攻其北；不合於韓，是韓攻其西；不親于楚，則楚攻其南:此所謂四分五裂之道也。』」

四面楚歌

比喻陷入四面受敵、孤立無援的境地。

《史記．項羽本紀》:「項王軍壁垓下，兵少食盡，漢軍及諸侯兵圍之數重。夜聞漢軍四面皆楚歌，項王乃大驚，曰:『漢皆已得楚乎？是何楚人之多也！』」

四通八達

四面八方都有路可通，形容交通極便利。也形容通向各方。

《子華子・晏子問黨》：「其途之所出，四通而八達，遊士之所湊也。」

四平八穩

原形容身體各部位匀稱、結實，後常形容說話做事穩當，也形容做事只求不出差錯，缺乏積極創新精神。

危機四伏

形容到處存在危險的因素。

茅盾《子夜》：「不要太樂觀。上海此時也是危機四伏。」巴金《懷念老舍同志》：「他沒有一點私心，甚至在紅衛兵上了街，危機四伏，殺氣騰騰的時候，他還拿着事先準備好的發言稿，到北京市文聯開會。」

顛三倒四

形容說話做事錯雜紊亂、沒有條理，也形容人神志不清、翻來復去。

明・許仲琳《封神演義》第四十四回：「連拜了三四日，就把子牙拜的顛三倒四，坐臥不安。」

不三不四

指不正派，也指不像樣子。

明・施耐庵《水滸傳》第七回：「這夥人不三不四，又不肯近前來，莫不要攧洒家。」

低三下四

形容態度卑賤低下也指工作性質卑賤低下。

清・吳敬梓《儒林外史》第四十回：「我常州姓沈的，不是什麼低三下四的人家。」

三從四德

封建禮教認為婦女應具備的道德標準之一。

《儀禮・喪服・子夏傳》：「婦人有三從之義，無專用之道，故未嫁從父，既嫁從夫，夫死從子。」《周禮・天官》：「九嬪掌婦學之法，以九教御：婦德、婦言、婦容、婦功。」

五

五彩繽紛

五彩：各種顏色；繽紛：繁多交錯的樣子。指顏色繁多，非常好看。

清・吳趼人《二十年目睹之怪現狀》：「鋪設得五彩繽紛，當中擺了姊姊畫的那一堂壽屏，兩旁點着五六對青燭。」峻青〈地下水晶宮〉：「牆壁上有着許多霜花似的花紋，在燈光的照耀下，滿牆都放射着五彩繽紛的光芒，就好像是彩虹織成似的。」

五光十色

形容色彩鮮豔，花樣繁多。

南朝梁・江淹〈麗色賦〉：「五光徘徊，十色陸離。」

五湖四海

指全國各地，有時也指世界各地，也比喻廣泛的團結。

《周禮‧夏官‧職方氏》:「其浸五湖。」《論語‧顏淵》:「四海之內，皆兄弟也。」唐‧呂岩〈絕句〉:「斗笠為帆扇作舟，五湖四海任遨遊。」

五花八門

原指五行陣和八門陣，這是古代兩種戰術變化很多的陣勢，後比喻變化多端或式樣繁多。

五顏六色

形容色彩複雜或花樣繁多，引申為各式各樣。

清‧李汝珍《鏡花緣》第十四回:「唯各人所登之雲，五顏六色，其形不一。」

五體投地

兩手、兩膝和頭一起着地，是佛教一種最恭敬的行禮儀式，比喻佩服到了極點。

唐‧玄奘《大唐西域記‧三國》:「致敬之式，其儀九等：一、發言慰問，二、俯首示敬，三、舉手高揖，四、合掌平拱，五、屈膝，六、長跪，七、手膝踞地，八、五輪俱屈，九、五體投地。」

五臟六腑

五臟：脾、肺、腎、肝、心；六腑：胃、大腸、小腸、三焦、膀胱、膽。人體內臟器官的統稱，也比喻事物的內部情況。

《呂氏春秋・達鬱》：「凡人三百六十節、九竅五臟六腑。」

五穀豐登

登：成熟。指收成好，糧食豐收。

《六韜・龍韜・立將》：「是故風雨時節，五穀豐登，社稷安寧。」

學富五車

五車：指五車書。形容讀書多，學識豐富。

《莊子・天下》：「惠施多方，其書五車。」

五雷轟頂

現代成語，含貶義，比喻不得好死。

老舍《龍鬚溝》：「要是我從中賺一個錢，天上現在有雲影，教我五雷轟頂。」

六

六神無主

六神：道家認為人的心、肺、肝、腎、脾、膽各有神靈主宰，稱為六神。形容驚慌着急，沒了主意，不知如何才好。

明・馮夢龍《醒世恆言・盧太學詩酒傲王侯》：「嚇得知縣已是六神無主，不有甚心腸去吃酒。」

六月飛霜

舊時比喻有冤獄。

唐・張說〈獄箴〉:「匹夫結憤,六月飛霜。」

六根清淨

六根:佛家語,指眼、耳、鼻、舌、身、意。佛家以為達到遠離煩惱的境界,比喻已沒有任何慾念。

隋・隋煬帝〈寶台經藏願文〉:「五種法師,俱得六根清淨。」

六畜不安

牲畜也不得安寧,形容騷擾得很厲害。

清・劉鶚《老殘遊記》第四回:「人家結髮夫妻過的太太平平和和氣氣的日子,要我去擾得人家六畜不安,末後連我也把個小命兒送掉了,圖着什麼呢?」

六韜三略

《六韜》、《三略》:古代的兵書,後泛指兵書、兵法。

六馬仰秣

形容樂聲美妙,連馬都抬起頭傾聽,不吃飼料。

《荀子・勸學》:「昔者瓠巴鼓瑟而流魚出聽,伯牙鼓琴而六馬仰秣。」

六尺之孤

指沒有成年的孤兒。

《論語·泰伯》:「可以托六尺之孤，可以寄百里之命，臨大節而不可奪也。」

七

七零八落

形容零散稀疏的樣子，也指原來又多又整齊的東西現在零散了。

宋·唯白《建中靖國續燈錄》卷六:「無味之談，七零八落。」

七拼八湊

指把零碎的東西拼湊起來，引申為胡亂湊合。

清·李綠園《歧路燈》第四十一回:「我殯葬婆婆，是我替俺家男人行一輩子的大事，我不心疼錢。況且這織布機，紡花車兒，一個箱子，一張抽斗桌，七拼八湊，賣了也值兩千多錢。」

七上八下

形容心裏慌亂不安。

明·施耐庵《水滸傳》第二十六回:「那胡正卿心頭十五個吊桶打水，七上八下。」

七手八腳

形容人多手雜，動作紛亂。

宋·釋普濟《五燈會元》卷二十:「上堂七手八腳，三頭兩面，耳聽不聞，眼覷不見，苦樂逆順，打成一片。」

七嘴八舌

形容人多口雜。

清・袁枚《牘外餘言》:「故晉大夫七嘴八舌，冷譏熱嘲，皆由於心之大公也。」

七竅生煙

七竅：口和兩眼、兩耳、兩鼻孔。氣憤得好像耳目口鼻都要冒出火來，形容氣憤到極點。

清・黃小配《廿載繁華夢》第三回:「説罷，悻悻然轉出來。把鄧氏氣得七竅生煙，覺得腦中一湧，喉裏作動，旋吐出鮮血來。」

七情六欲

泛指人的喜、怒、哀、樂和嗜欲等。

《禮記・禮運》:「七情：喜怒哀懼愛惡欲。六欲：生死耳目口鼻。」

三魂七魄

魂：舊指能離開人體而存在的精神；魄：舊指依附形體而顯現的精神。道家語，稱人身有「三魂七魄」。

《抱樸子・地真》:「欲得通神，宜金水分形，形分則自見其身中之三魂七魄。」

八

八面玲瓏

玲瓏：精巧細緻，指人靈活、敏捷。本指窗戶明亮寬敞，後用來形容人處世圓滑，待人接物面面俱到。

八面威風

各個方面都很威風，形容很神氣，很有聲勢。

元・尚仲賢《單鞭奪槊》第四折：「聖天子百靈相助，大將軍八面威風。」

半斤八兩

八兩：即半斤。一個半斤，一個八兩，比喻彼此一樣，不相上下。

宋・釋普濟《五燈會元》卷十一：「問：『來時無物去時空，二路俱迷，如何得不迷去？』師曰：『秤頭半斤，秤尾八兩。』」

胡說八道

沒有根據或沒有道理地瞎說。

明・吳承恩《西遊記》第六十八回：「你那曾見《素問》、《難經》、《本草》、《脈訣》，是甚般章句，怎生注解，就這等胡說亂道，會什麼懸絲診脈！」

八仙過海

八仙過海是指相傳八仙過海時不用舟船，各有一套法術。民間因此產生「八仙過海，各顯神通」的諺語。後比喻各自拿出本領或辦法，互相競賽。

八拜之交

八拜：原指古代世交子弟謁見長輩的禮節；交：友誼。指朋友結為兄弟的關係。

宋・邵伯温《聞見後錄》:「豐稷謁潞公，公着道出，語之曰:『汝父吾客也，只八拜。』稷不得已，只拜之。」

九

九牛一毛

九條牛身上的一根毛，比喻極大數量中極微小的數量，微不足道。

漢・司馬遷〈報任少卿書〉:「假令僕伏法受誅，若九牛亡一毛，與螻蟻何以異？」

九霄雲外

在九重天的外面，比喻無限遠的地方或遠得無影無蹤。

元・無名氏《抱妝盒》第二折：「太子也你在這七寶盒中，我陳琳早魂飛九霄雲外。」

含笑九泉

九泉：地下深處，舊指人死之後埋葬的地方，也作「黃泉」。在九泉之下滿含笑容，表示死後也感到欣慰和高興。

清・李汝珍《鏡花緣》第三回：「我兒前去，得能替我出半臂之勞，我亦含笑九泉。」

九曲回腸

形容痛苦、憂慮、愁悶已經到了極點。

漢・司馬遷〈報任少卿書〉:「是以腸一日而九回，居則忽忽若有所忘。」

九五之尊

九五：指帝位。指帝王的尊位。

九流三教

泛指宗教、學術中各種流派，也指社會上各行各業的人，後亦指品流複雜。

宋・趙彥衛《雲麓漫鈔》卷六:「(梁武) 帝問三教九流及漢朝舊事，了如目前。」

十

十拿九穩

比喻很有把握。

明・阮大鋮《燕子箋・購幸》:「此是十拿九穩，必中的計較。」

十年寒窗

形容長年刻苦讀書。

元・劉祁《歸潛志》卷七:「古人謂十年窗下無人問，一舉成名天下知。」

十萬火急

形容事情緊急到了極點，多用於公文、電報等。

曹禺《王昭君》第二幕：「啟奏陛下！雞鹿塞十萬火急，羽書傳到長安，請聖裁。」

十指連心

十個指頭連着心，表示身體的每個小部分都跟心有不可分的關係，比喻親人跟自身休戚相關。

明・許仲琳《封神演義》第七回：「十指連心，可憐昏死在地。」

神氣十足

形容擺出一副自以為高人一等而了不起的樣子。

百

百無禁忌

百：所有的，不論什麼；禁忌：忌諱。什麼都不忌諱。

清・范寅《越諺・名物・風俗》：「百無禁忌，諸邪回避。」

百川歸海

川：江河。許多江河流入大海，比喻大勢所趨或眾望所歸，也比喻許多分散的事物匯集到一個地方。

《淮南子・氾論訓》：「百川異源，而皆歸於海。」

百讀不厭

厭：厭煩，厭倦。讀一百遍也不會感到厭煩，形容詩文或書籍寫得非常好，不論讀多少遍也不感到厭倦。

宋・蘇軾〈送安惇秀才失解西歸〉:「舊書不厭百回讀，熟讀深思子自知。」

百廢俱興

俱：全，都。許多已經荒廢了的事情一下子都興辦起來。

宋・范仲淹〈岳陽樓記〉:「政通人和，百廢具興。」

百感交集

感：感想；交：交錯・交織。各種感觸交織在一起，形容感觸很多，心情複雜。

南朝宋・劉義慶《世說新語・言語》:「見此茫茫，不覺百端交集，苟未免有情，亦復誰能遣此。」

百口難辯

雖然有口，卻難以辯解清楚，常指含冤受屈但又無處申訴。

蔡東藩《五代史演義》第三十六回:「此時證據顯然，百喙難辯。榮復證成延廣罪案十條，每服一事，即授一籌。」

百煉成鋼

比喻經過長期鍛煉，變得非常堅強。

漢・陳琳〈武軍賦〉:「鎧則東胡闕鞏，百煉精剛。」

百年不遇

一百年也碰不到一次，形容很少見到過或少有的機會。

老舍《龍鬚溝》第三幕：「不是要開大會嗎？百年不遇的事，我歇半天工，好開會去。」

百年大計

大計：長遠的重要的計畫，指關係到長遠利益的計畫或措施。

清．梁啟超〈論民族競爭之大勢〉：「數月之間，而其權力已深入鞏固，而百年大計於此定矣。」

百思不解

百般思索也無法理解。

清．紀昀《閱微草堂筆記》卷十三：「此真百思不得其故矣。」

百戰百勝

每戰必勝，形容所向無敵。

《孫子．謀攻》：「百戰百勝，非善之善者也。」

百依百順

什麼都依從，形容一切都順從別人，又作「千依百順」。

明．凌濛初《初刻拍案驚奇》第十三卷：「做爺娘的百依百順，沒一事違拗了他。」

百折不撓

折：挫折；撓：彎曲。比喻意志堅強，無論受到多少次挫折，毫不動搖退縮。

漢・蔡邕〈太尉喬玄碑〉：「其性莊，疾華尚樸，有百折不撓，臨大節而不可奪之風。」

百孔千瘡

比喻毛病很多，問題嚴重，已經到了難以收拾的地步。

唐・韓愈〈與孟尚書書〉：「漢室以來，羣儒區區修補，百孔千瘡，隨亂隨失，其危如一髮引千鈞。」

精神百倍

形容特別有精神。

清・李汝珍《鏡花緣》第九回：「想罷，取下玉牌，把朱草從根折斷，齊放掌中，連揉帶搓，果然玉已成泥，其色甚紅。隨即放入口內，只覺芳馨透腦。方才吃完，陡然精神百倍。」

千

千變萬化

形容變化極多。

《列子・周穆王》：「乘虛不墜，觸實不礙，千變萬化，不可窮極。」

千差萬別

形容種類多，差別大。

宋．釋道原《景德傳燈錄》卷二十五：「僧問：『如何是無異底事？』師曰：『千差萬別。』」

千錘百煉

比喻經歷多次艱苦鬥爭的鍛煉和考驗，也指對文章和作品進行多次精心的修改。

晉．劉琨〈重贈盧諶〉：「何意百煉剛，化為繞指柔。」宋．尤袤《全唐詩話》卷三：「百鍛為字，千煉成句。」

千方百計

想盡或用盡一切辦法。

《朱子語類．論語十七》：「譬如捉賊相似，須是著起氣力精神，千方百計去趕他。」

千呼萬喚

形容再三催促。

唐．白居易〈琵琶行〉：「千呼萬喚始出來，猶抱琵琶半遮面。」

千軍萬馬

形容雄壯的隊伍或浩大的聲勢。

《南史．陳慶之傳》：「名軍大將莫自牢，千兵萬馬避白袍。」

千里迢迢

迢迢：遙遠。形容路途遙遠。

明·馮夢龍《古今小說·范巨卿雞黍死生交》：「辭親別弟到山陽，千里迢迢客夢長。豈為友朋輕骨肉，只因信義迫中腸。」

千門萬戶

形容房屋廣大或住戶極多。

《史記·孝武本紀》：「於是作建章宮，度為千門萬户。」

千篇一律

一千篇文章都一個樣子，指文章公式化，也比喻辦事按一個格式，非常機械化。

南朝梁·鍾嶸《詩品》卷中：「張公雖復千篇，猶一體耳。」宋·蘇軾〈答王庠書〉：「今程試文字，千人一律，考官亦厭之。」

千秋萬代

一千年，一萬代，指世世代代，時間久長。

《韓非子·顯學》：「今巫祝之祝人曰：『使若千秋萬歲。』千秋萬歲之聲聒耳，而一日之壽無徵於人，此人所以簡巫祝也。」

千山萬水

萬道河，千重山，形容路途艱難遙遠。

唐·張喬〈寄維陽故人〉：「離別河邊綰柳條，千山萬水玉人遙。」

千絲萬縷

千條絲，萬條線，原形容一根又一根，數也數不清，後多形容相互之間種種密切而複雜的聯繫。

宋．戴石屏〈憐薄命〉：「道旁楊柳依依，千絲萬縷，擰不住一分愁緒。」

千頭萬緒

緒：由繭抽絲的開端。比喻事情的開端，頭緒非常多，也形容事情複雜紛亂，難以弄清楚。

三國魏．曹植〈自試令〉：「機等吹毛求疵，千端萬緒，然終無可言者。」

千辛萬苦

形容各種各樣的艱難困苦。

元．張之翰〈元日〉：「千辛萬苦都嘗遍，只有吳淞水最甘。」

千言萬語

形容說話很多。

唐．鄭谷〈燕〉：「千言萬語無人會，又逐流鶯過短牆。」

千真萬確

形容情況非常確實。

清．吳敬梓《儒林外史》第十九回：「匡超人大驚道：『哪有此事！我昨日午間才會着他，怎麼就拿了？』景蘭江道：『千真萬確的事。』」

千奇百怪

形容各種各樣奇怪的事物。

明·凌濛初《二刻拍案驚奇》卷十一:「殺人竟不償命,不殺人倒要償命,死者生者,怨氣沖天,縱然官府不明,皇天自然鑒察,千奇百怪的,巧生出機會來了此公案。」

千姿百態

形容姿態多種多樣。

蔣子龍〈好景門〉:「食客五花八門,論服飾千姿百態,論膚色黃白都有。」

千慮一得

即使愚笨的人,在很多次考慮中也總會有些可取的地方,多用來表示自謙。

《晏子春秋·雜下十八》:「嬰聞之:聖人千慮,必有一失;愚人千慮,必有一得。」

千載難逢

一千年裏也難碰到一次,形容機會極其難得。

《南齊書·庾杲之傳》:「臣以凡庸,謬徼昌運,奬擢之厚,千載難逢。」
唐·韓愈〈潮州刺史謝上表〉:「當此之際,所謂千載一時不可逢之嘉會。」

橫掃千軍

把大量敵人像掃地似地一陣子掃除掉。

唐・杜甫〈醉歌行〉:「詞源倒流三峽水,筆陣獨掃千人軍。」

萬

萬無一失

失:差錯。指非常有把握,絕對不會出差錯。

萬眾一心

千萬人一條心,形容團結一致。

《後漢書・朱擕傳》:「萬人一心,猶不可當,況十萬乎!」

萬紫千紅

形容百花齊放,色彩豔麗,也比喻事物豐富多彩。

宋・朱熹〈春日〉:「等閒識得東風面,萬紫千紅總是春。」

萬籟俱寂

籟:從孔穴中發出的聲音,泛指一切聲音;萬籟:自然界中萬物發出的各種聲響;寂:靜。形容周圍環境非常安靜,一點兒聲響都沒有。

唐・常建〈題破山寺後禪院〉:「萬賴此俱寂,但餘鐘磬音。」

瞬息萬變

瞬：一眨眼；息：呼吸。在極短的時間內就有很多變化，形容變化很多很快。

清・吳趼人《痛史》第十六回：「軍情瞬息萬變，莫説我們到南邊還要好幾天，就是此時，文丞相也不知在那裏不在了？」

成千上萬

形容數量很多。

清・文康《兒女英雄傳》第三十回：「他看着那烏克齋、鄧九公這班人，一幫動輒就是成千上萬，未免就把這世路人情看得容易了。」

萬家燈火

家家點上了燈，指天黑上燈的時候，也形容城市夜晚的景象。

清・曾樸《孽海花》第八回：「萬家燈火吹簫路，五夜星辰賭酒天。」

萬死不辭

萬死：死一萬次，形容冒生命危險。萬一要死萬次也不推辭，表示願意拚死效勞。

明・羅貫中《三國演義》第八回：「貂蟬曰：『適間賤妾曾言，但有使令，萬死不辭。』」

雷霆萬鈞

霆:急雷;鈞:古代重量單位，三十斤為一鈞。形容威力極大，無法阻擋。

漢・賈山〈至言〉:「雷霆之所擊，無不摧折者；萬鈞之所壓，無不糜滅者。」

光芒萬丈

形容光輝燦爛，照耀到遠方。

唐·韓愈〈調張籍〉:「李杜文章在，光焰萬丈長。」

包羅萬象

包羅：包括；萬象：宇宙間的一切景象，指各種事物。形容內容豐富，應有盡有。

《黃帝內經》卷上:「所以包羅萬象，舉一千從。」

掛一漏萬

掛：鈎取，這裏指説到，提到；漏：遺漏。形容説得不全，遺漏很多。

唐·韓愈〈南山〉詩:「團辭試提挈，掛一念萬漏。」

千刀萬剮

剮：割肉離骨，一刀一刀將罪犯身上的肉割下處死。形容罪惡重大，死也不能抵罪。

元·無名氏《盆兒鬼》第四折:「即日押赴市曹，將他萬剮千刀，凌遲處死。」

萬人空巷

空巷：街道里弄裏的人全部走空。指家家戶戶的人都從巷裏出來了，多形容慶典的盛況。

宋·蘇軾〈八月十七復登望海樓〉:「賴有明朝看潮在，萬人空巷鬥新妝。」

氣象萬千

氣象：情景。形容景象或事物壯麗而多變化。

宋．范仲淹〈岳陽樓記〉：「朝暉夕陰，氣象萬千。」

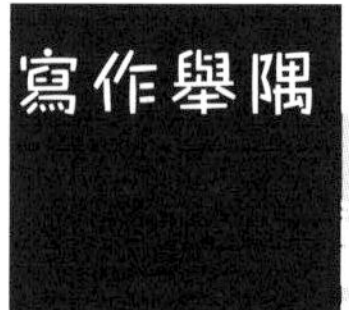

在後面，選取了作家朱湘的一篇文章，還有我自己寫的兩篇文章，供讀者參考。

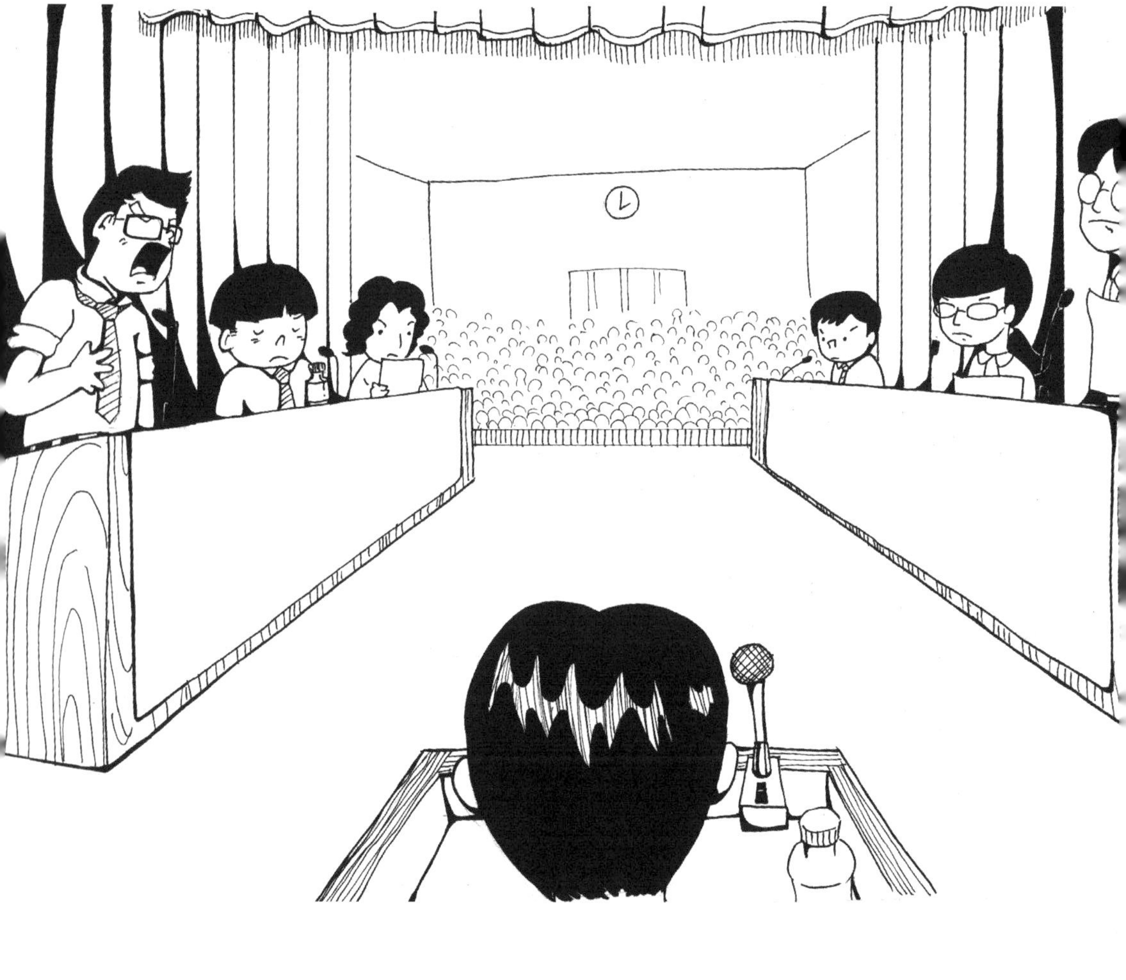

(1)

說說話　朱湘

我是一個口齒極鈍的人，連普通的應酬我都不能夠對付，所以，我對於說話說得極多並且極為伶俐的人是十分的羨慕。好像手工、圖畫這兩樣，我從前在學校裏面讀書的時候，十分的羨慕着那些成績優美的同學那般。

灑掃，應對，這本是古訓裏所說的一種兒童所應受的教育；在近三十年左右的家庭之內，灑掃這一項家庭教育的項目似乎是已經普遍的廢除了，至於應對，大人也不過在說錯了的時候，提撕一句；在說得不好的時候，歎一口氣；或是灰心了的不作聲：他們並不每天劃出若干時刻來教授兒童以「應對」這一種課程，或是聘請一個家庭教師來教授，或是用了家長的名義向學校方面要求着在學校課程內增加這一種課程。於是，說話我便從小不會了。其實，即使是學校內有「應對」這一種課程，我也不見得能夠學的好 —— 不見手工、圖畫，我是成績那麼拙劣麼？

大概，說話時候所須注重的第一點是，從何說起。照例的寒暄，這已經是難於開口了，因為它頗有一點像學校裏面國文班上所出的題目，這題目的範圍之內所可說的話差不多早已經被旁人說完了，要想**推陳出新**，決不是一件容易事。至於，由寒暄進而作寬泛的談話，那簡直是我所害怕的，好像從前在中學的頭幾年裏我怕學期、學年的大考那樣。不曉得對談的人愛聽的是哪一種話；即使曉得了，自己也多半不見得能夠在這一方面**搜索枯腸**可以搜索得一些——不説許多——談話的資料來。面對面的僵坐着，終究不是事，於是，急忙之內，我便開口説話了……不幸，我所説的話恰巧是對談的人所不愛聽的，甚至於，他所認為是存心得罪的。這簡直是糟糕！因為，已經是僵窘的對話，如今又加添了一種意氣的成分進去了。這個，在一個**不善辭令**的人處來，是最難受的了。反報麼，間接的便實證了適才所無心吶出的話是有意的；不反報麼，未免**有失身分**；解釋麼，一個不會説話的人要想解釋一句失言，我經驗的知道，是不僅無補，並且會增加誤會的。那麼，只好不作聲了。這個，並不見得能把嚴重的局面緩和下去。因為，這時候的面部表情，如其是沉悶的，對談的人可以測想為臆怪；如其是和悦的，對談的人又可以測想為在肚裏暗笑。

模棱兩可，這是説話時候所須注重的第二點。人世間的事情，最難料到是要怎麼變化的。要是説出了一句肯定的話來，而事情的轉變並不是像肯定的那樣，這時候，曾經聽見了這句話的人未免是要對於説者的判斷力發生懷疑了。這個，在社會上，是極為有損於説者的。所以，一個人要是想不在這一方面吃虧，最好是在説話的時候**不着邊際**；如此，事情無論是怎麼收場，這**模棱兩可**的話，雖然不見得是説中了，至少是沒有説錯。還有一層，人與人之間，在多種的情境內，是不能夠説直話的；撒謊既不是一件社會上所容許的事情，那麼，便只好把話説得令人**難以捉摸**了。

空洞無物，這是説話時候所須注重的第三點。一個人與一個人見了面，談起話來，這一番對話，當然的，是集中於一件事情之上了。這件事情，過去的情形怎樣，將來會怎樣，現在對話時候是要這樣的去接近，這些，在每個對話者的胸內，差不多都已經有了一個譜子；既然如此，在本題之上，便不需要作文章，只要**旁敲側擊**，借了一些題外的話來達意，也就夠了。喜歡繞彎子，或許是人的一種生性，因為繞彎子是有玄秘的色彩、藝術的色彩的。

面部表情，這是說話時候所須注重的第四點。譬如說，你現在說出了一句想起來是極為滑稽的話來，這時候，你的面部表情應當是嚴肅的，因為，那樣，教聽者在事後回想起來，會更覺得有趣。又譬如說，你說挖苦的話，便應當在面部呈露出一種**和藹可親**的模樣；那樣，聽者，如其不是十分聰明的，便不會立刻悟出你是在挖苦他，你既然可以逃避去當場的反報，又可以讓他在事後尋思，悟出來了的時候，去飽嘗那一種**自羞自悔**的酸滋味。

這些便是一個不會說話的人對於說話這種藝術的觀察。或許天下居然會有人，同我一樣的**拙於辭令**，那麼，這一番的說話，不能說是有什麼幫助，只能說是，讓他看了，可以與我同發一聲慨歎，會說話的人真是天生的，人為不了。

(2)

前仆後繼　周淑屏

文天祥的〈正氣歌〉中，列舉了十多個「時窮節乃現」—— 於艱難時期仍持守**凜然正氣**，**忠於職守**、忠於理想的歷史人物事蹟，其中給我深刻印象的，是「在齊太史簡」的故事。

春秋戰國時代，齊莊公和大臣崔杼的妻子私通，激怒了崔杼，崔杼的手下持兵器追趕莊公，莊公翻牆逃走，追來的人用箭射中了他的腿，令他從牆上摔下死了。當時齊國的太史記載：「崔杼殺了他的國君。」崔杼於是殺了太史，但太史的弟弟繼承了他的職位後仍繼續這樣寫，如是者又被崔杼殺了。然而，太史第二個弟弟仍是不畏死，照樣寫下來，崔杼**無可奈何**，只好放棄，不殺他，由得他這樣寫了。其時另一位史官南史氏聽到太史兄弟接連被殺的消息，手拿着記載歷史的簡策奔赴朝廷，**奮不顧身**地要記下史實，但抵達後知道此事已被如實記下，便只好回去了。

這是一種可敬的「**前仆後繼**」的精神，為了緊守崗位，發揮神聖的專業精神，這些史官一個個不畏死亡的恫嚇，甚至明知會被殺也寧願盡責而死，他們所守護的，就是「是就説是，不是就説不是」這種「**秉筆直書**，是非自見」的精神。「是就説是，不是就説不是」看似容易，但在當前的香港，看到不對、不義的事，有勇氣**直斥其非**；對正義、正確的事**義無反顧**地全力守護，真有那麼容易嗎？

當然，盡責並不等於要犧牲，但頂住壓力、**不畏強權**是需要的。在這亟需捍衛核心價值的時節，法治精神、言論自由、新聞自由都備受威脅的時候，無論司法界、教育界、宗教界、社工界、金融界等，每個人都各在其領域中「**前仆後繼**」地發揮力量，那麼香港的核心價值是不會那麼容易被破壞的。但「**前仆後繼**」也並不容易，因為隊伍中總會有人離隊，導致有「**後繼無人**」之憂，那是為什麼呢？

也許，就如〈馬太福音〉中撒種的比喻所言，那種堅持，會被「魔鬼從他們心裏把道奪去」，或是「心中沒有根，及至遇見試探就退後了」，或者「被今生的思慮、錢財、宴樂擠住了」……

至於這種**前仆後繼**的精神怎樣才得以堅持？我們也可在《聖經》中找到答案——

主耶穌說：「那殺身體不能殺靈魂的，不要怕他們；唯有能把身體和靈魂都滅在地獄裏的，正要怕他。」（〈馬太福音〉10：28）

近來看到這樣的報道：為延續雨傘運動的精神，一班美孚居民自發成立了地區組織「美孚家．政」，要「傘落社區」之餘，希望能促進地區發展和民生問題外，更要「保仕」區內的民主聲音。如果每一個界別、每一個社區都能發揚、持守這精神，**前仆後繼**、**薪火相傳**下去就好了。

(3)

知其不可而為之　周淑屏

不知道為什麼，在「佔領運動」期間，我常想起文天祥的〈正氣歌〉。〈正氣歌〉據説是數十年前中學生必讀的範文，既然現在有些人認為認識歷史有助愛國，我們就來看看這不朽詩篇及當時的歷史吧！

〈正氣歌〉的首幾句是這樣的：「天地有正氣，雜然賦流形。下則為河嶽，上則為日星。於人曰浩然，沛乎塞蒼冥。皇路當清夷，含和吐明庭。時窮節乃見，一一垂丹青。」

這裏所説的「正氣」、「浩然之氣」、「氣節」，都是指一種強大的精神力量，可以在現實中面對比自己強大千百倍的強權與壓力之下，仍**不屈不撓**、知其不可而為之。在時勢險惡、**小人當道**之際，這種浩然正氣更能夠表現出來，照亮史策。——「時窮節乃見，一一垂丹青。」

在雨傘運動中，我們常聽到「知其不可而為之」這句話，在文天祥而言，他在南宋政權**江河日下**，**所向披靡**的蒙古大軍壓境之際，散盡自己的家財，組成三萬義軍抗敵，但相比於**無堅不摧**的蒙古大軍，這三萬義軍簡直是**螳臂擋車**，然而，文天祥竟然一次又一次的化不可能為可能。

史載：南宋末年，國勢**積弱不振**。1273 年，元丞相「伯顏」統領二十萬大軍南下……1275 年，蒙古軍將十三萬宋軍消滅，南宋朝廷再無可用之兵。元兵渡江，文天祥時任「贛州知府」，他用盡家財，組織三萬義軍，以「正義在我，謀無不立；**人多勢眾**，自能成功」的口號進行反元抗爭。1277年，文天祥在雩都大敗元軍，攻取興國，收復贛州十縣、吉州四縣，**人心大振**。

但**好景不長**，元軍主力進攻興國大營，文天祥**寡不敵眾**，妻兒也被元軍擄走。兵敗被俘，妻兒亦被擄為奴，在現在許多人眼中，以現實的利害衡量，有人以你自己與妻兒的生命要脅你，又以高官厚祿去招降，就應該面對現實「袋住先」吧？但文天祥又一次化不可能為可能，頂住了巨大壓力，堅持**寧死不屈**。元世祖忽必烈**千方百計**的招降文天祥，又軟禁了他三年，以為用時間可以消磨他的意志令他最終臣服，但是，他的意志反而更加堅定，他的精神力量徹底打敗了忽必烈。

史載：文天祥被押赴刑場，**從容就義**，享年四十七歲。他的妻子於收殮遺體時，在衣帶中發現其絕筆，書云:「孔曰成仁，孟曰取義;唯其義盡，所以仁至。讀聖賢書，所學何事？而今而後，庶幾無愧！」

為什麼他會有這麼強大的精神力量，置個人生死、榮辱於度外？因為他相信**千秋萬世**長存的正義、公義重於個人一時的榮辱，肉體雖會被殺，但高尚的靈魂、不滅的精神力量卻可戰勝強大的敵人——「人生自古誰無死？留取丹心照汗青。」

曾有研究歷史的人提出過這樣的看法：文天祥在大都監獄中度過了三

年，期間常被忽必烈傳召上殿，就中華道統存續的問題與忽必烈、喇嘛國師八思巴激辯；終讓二人佩服**博大精深**的中華文化，遂改而採行漢化政策。——這說法令我們相信：在歷史的長河中，強大的精神力量、高尚的人文素質最終會得勝，化不可能為可能。

〈正氣歌〉的最尾幾句是：「哲人日已遠，典型在夙昔。風檐展書讀，古道照顏色。」其實，當學生正確地認識中國歷史與文化，不是更能**明辨是非**嗎？其效果更可能與通識科**相輔相成**！

詞語遊戲

有關動物的四字詞語

雞犬不留

形容屠殺殘酷，連雞狗都不能倖免。

《三國志．魏志．荀彧傳》：「引軍從泗南攻取慮、睢陵、夏丘諸縣，皆屠之，雞犬亦盡，墟邑無復行人。」

雞犬不寧

形容騷擾得厲害，連雞狗都不得安寧。

唐．柳宗元〈捕蛇者説〉：「譁然而駭者，雖雞狗不得寧焉。」

鵬程萬里

相傳鵬鳥能飛萬里路程，比喻前程遠大。

《莊子．逍遙遊》：「鵬之徙于南冥也，水擊三千里，摶扶搖而上者九萬里。」

鶴髮童顏

仙鶴羽毛般雪白的頭髮，兒童般紅潤的面色，形容老年人氣色好。

唐．田穎〈夢遊羅浮〉：「自言非神亦非仙，鶴髮童顏古無比。」

一馬當先

原指作戰時策馬衝鋒在前，形容領先，也比喻工作走在羣眾前面，積極帶頭。

明．施耐庵《水滸傳》第九十六回：「即便勒兵列陣，一馬當先，馳下山來，猶如天崩地塌之勢。」

小試牛刀

稍微用一下宰牛的刀，比喻有大才的人在小事上試一下身手。

清．百一居士《壺天錄》上卷：「簿書錢穀之餘，小試牛刀，敢謂愛民如子弟。」

牛鬼蛇神

牛頭的鬼，蛇身的神，原形容虛幻怪誕，後比喻社會上形形色色的壞人。

唐．杜牧《太常寺奉禮部李賀詩集序》：「鯨吸鼇擲，牛鬼蛇神，不足為其虛荒幻誕也。」

多如牛毛

像牛身上的毛那樣多，形容極多。

《北史．文苑列傳序》：「學者如牛毛，成者如麟角。」

汗馬功勞

指在戰場上建立戰功，也指辛勤工作做出的貢獻。

《韓非子．五蠹》：「棄私家之事，而必汗馬之勞。」

兵荒馬亂

荒、亂：指社會秩序不安定。形容戰爭期間社會混亂不安的景象。

元．無名氏《梧桐葉》第四折：「那兵荒馬亂，定然遭驅被擄。」

沉魚落雁

形容女子容貌美麗。

《莊子·齊物論》:「毛嬙、麗姬，人之所美也，魚見之深入，鳥見之高飛，麋鹿見之決驟。四者孰知天下之正色哉？」

兔死狐悲

兔子死了，狐狸感到悲傷，比喻因同類的死亡而感到悲傷。

《宋史·李全傳》:「狐死兔泣，李氏滅，夏氏寧獨存？」元·無名氏《賺蒯通》第四折:「今日油烹蒯徹，正所謂兔死狐悲，芝焚蕙歎。」

狗仗人勢

比喻壞人依靠某種勢力欺侮人。

明·李開元《寶劍記》第五出:「(丑白) 他怕怎的？(淨白) 他怕我狗仗人勢。」

狐假虎威

狐狸假借老虎的威勢，比喻依仗別人的勢力欺壓人。

虎視眈眈

像老虎那樣兇狠地盯着，形容心懷不善，伺機攫取。

《周易·頤》:「虎視眈眈，其欲逐逐。」

螳臂擋車

擋：阻擋。螳螂舉起前肢企圖阻擋車子前進，比喻做力量達不到的事情，必然失敗。

《莊子．人間世》：「汝不知夫螳螂乎，怒其臂以當車轍，不知其不勝任也。」

害羣之馬

危害馬羣的劣馬，比喻危害集體的人。

《莊子．徐無鬼》：「夫為天下者，亦奚以異乎牧馬者哉？亦去其害馬者而已矣。」

狼吞虎嚥

形容吃東西又猛又急的樣子。

明．凌濛初《初刻拍案驚奇》卷三：「十人自來吃酒……須臾之間，狼飧虎咽，算來吃夠有六七十斤肉。」

狼嚎鬼哭

形容哭叫悲慘淒厲，同「鬼哭神號」。

歐陽山《高幹大》第十九章：「任桂花聽見他這麼鬼抓狼嚎，心亂得不知怎樣才好。」

馬首是瞻

看着馬頭的方向，決定進退，比喻追隨某人行動。

《左傳．襄公十四年》：「雞鳴而駕，塞井夷灶，唯余馬首是瞻。」

馬不停蹄

比喻不停頓地向前走，亦指持續不斷地努力做事。

鳥語花香

鳥叫得好聽，花開得芳香，形容春天的美好景象。

清・李汝珍《鏡花緣》第九十八回：「雲霧漸淡，日色微明，四面也有人煙來往，各處花香鳥語，頗可盤桓。」

喪家之犬

無家可歸的狗，比喻無處投奔，到處亂竄的人。

《史記・孔子世家》：「東門有人，其顙似堯，其項類皋陶，其肩類子產，然自要以下不及禹三寸，纍纍若喪家之狗。」

畫龍點睛

比喻寫文章或講話時，在關鍵處用幾句話點明實質，使內容生動有力。

唐・張彥遠《歷代名畫記・張僧繇》：「金陵安樂寺四白龍不點眼睛，每云：『點睛即飛去。』人以為妄誕，固請點之。須臾，雷電破壁，兩龍乘雲騰去上天，二龍未點眼者見在。」

緣木求魚

緣木：爬樹。爬到樹上去找魚，比喻方向或辦法不對頭，不可能達到目的。

《孟子・梁惠王上》：「以若所為，求若所欲，猶緣木而求魚也。」

窺豹一斑

從竹管的小孔裏看豹，只看到豹身上的一塊斑紋。比喻只看到事物的一部分，指所見不全面或略有所得。

南朝宋・劉義慶《世説新語・方正》:「此郎亦管中窺豹，時見一斑。」

駟馬難追

一句話説出了口，就是套上四匹馬拉的車也難追上，指話説出口，就不能再收回，一定要算數。

《鄧析子・轉辭》:「一言而非，駟馬不能追；一言而急，駟馬不能及。」

龍飛鳳舞

原形容山勢的蜿蜒雄壯，後也形容書法筆勢有力，靈活舒展。

宋・蘇軾〈表忠觀碑〉:「天目之山，苕水出焉，龍飛鳳舞，萃于臨安。」

騎虎難下

騎在老虎背上不能下來，比喻做一件事情進行下去有困難，但情況又不允許中途停止，陷於進退兩難的境地。

《晉書・溫嶠傳》:「今之事勢，義無旋踵，騎猛獸安可中下哉。」唐・李白〈留別廣陵諸公〉:「騎虎不敢下，攀龍忽墮天。」

攀龍附鳳

指巴結投靠有權勢的人以獲取富貴。

漢・揚雄《法言・淵騫》:「攀龍鱗，附鳳翼。」

人仰馬翻

人馬被打得仰翻在地，形容被打得慘敗，也比喻亂得一塌糊塗，不可收拾。

清．曹雪芹《紅樓夢》第一百十五回：「賈璉家下無人，請了王仁來在外幫着料理。那巧姐兒是日夜哭母，也是病了，所以榮府中又鬧得馬仰人翻。」

順手牽羊

順手把人家的羊牽走，原比喻趁勢將敵手捉住或乘機利用別人，後比喻乘機拿走別人的東西。

打草驚蛇

比喻做法不謹慎，反使對方有所戒備。

明．郎瑛《七修類稿》卷二十四：「打草驚蛇，乃南唐王魯為當塗令，日營資產，部人訴主簿貪汙，魯曰：『汝雖打草，吾已驚蛇。』」

如虎添翼

好像老虎長上了翅膀，比喻強而有力的人得到幫助變得更加強大。

三國蜀．諸葛亮《心書．兵機》：「將能執兵之權，操兵之勢，而臨羣下，譬如猛虎加之羽翼，而翱翔四海。」

池魚之禍

比喻受牽連而遭到的禍害。

投鼠忌器

投：用東西去擲；忌：怕，有所顧慮。想用東西打老鼠，又怕打壞了近旁的器物。比喻做事有顧忌，不敢放手幹。

《漢書·賈誼傳》：「里諺曰：『欲投鼠而忌器』，此善諭也。」

走馬看花

走馬：騎着馬跑。騎在奔跑的馬上看花，原形容事情如意，心境愉快。後多指大略地觀察一下。

唐·孟郊〈登科後〉：「春風得意馬蹄疾，一日看盡長安花。」

抱頭鼠竄

抱着頭，像老鼠那樣驚慌逃跑，形容受到打擊後狼狽逃跑。

狗血淋頭

舊時迷信說法，謂狗血淋在妖人頭上，就可使其妖法失靈。後形容罵得很兇，使被罵者如淋了狗血的妖人一樣，無言以對，無計可施。

明·施耐庵《水滸傳》第五十三回：「馬知府道：『必然是個妖人！』教去取些法物來。牢子、節級將李逵捆翻，驅下廳前草地 ，一個虞候掇一盆狗血沒頭一淋。」

盲人瞎馬

盲人騎着瞎馬，比喻盲目行動，後果十分危險。

南朝宋·劉義慶《世說新語·排調》：「盲人騎瞎馬，夜半臨深池。」

虎頭蛇尾

頭大如虎，尾細如蛇，比喻開始時聲勢很大，到後來勁頭很小，有始無終。

龍蟠虎踞

像龍盤着，像虎蹲着，形容地勢雄偉險要。

晉・張勃《吳錄》:「劉備曾使諸葛亮至京，因睹秣陵山阜，歎曰：『鐘山龍盤，石頭虎踞，此帝王之宅。』」

狼子野心

狼子：幼狼。幼狼雖小，卻有兇惡的本性。比喻兇暴的人居心狠毒，習性難改。

《左傳・宣公四年》:「諺曰：狼子野心。是乃狼也，其可畜乎？」

狼狽不堪

困頓、窘迫得不能忍受，形容非常窘迫的樣子。

《三國志・蜀志・馬超傳》:「寬、衢閉冀城門，超不得入。進退狼狽，乃奔漢中依張魯。」

豺狼成性

像豺狼一樣兇惡殘暴成了習性，形容為人殘暴。

唐・駱賓王〈為徐敬業討武氏檄〉:「加以虺蜴為心，豺狼成性。」

動若脫兔

脫兔：逃跑的兔子。指行動就像飛跑的兔子那樣敏捷。

逐鹿中原

逐：追趕；鹿：指所要圍捕的對象，常比喻帝位、政權。指羣雄並起，爭奪天下。

《史記・淮陰侯列傳》：「秦失其鹿，天下共逐之。」

魚目混珠

混：攙雜，冒充。拿魚眼睛冒充珍珠，比喻用假的冒充真的。

漢・魏伯陽《參同契》卷上：「魚目豈為珠？蓬蒿不成檟。」

單槍匹馬

原指打仗時一個人上陣，比喻行動沒人幫助，單獨行動。

五代楚・汪遵〈烏江〉：「兵散弓殘挫虎威，單槍匹馬突重圍。」

蛛絲馬跡

從掛下來的蜘蛛絲可以找到蜘蛛的所在，從馬蹄的印子可以查出馬的去向。比喻事情所留下的隱約可尋的痕跡和線索。

蜻蜓點水

指蜻蜓在水面飛行時用尾部輕觸水面的動作，比喻做事膚淺不深入。

唐・杜甫〈曲江〉：「穿花蛺蝶深深見，點水蜻蜓款款飛。」

對牛彈琴

譏笑聽話的人不懂對方說的是什麼，用以譏笑說話的人不看對象。

漢．牟融〈理惑論〉：「公明儀為牛彈清角之操，伏食如故。非牛不聞，不合其耳矣。」

養虎為患

比喻縱容敵人，留下後患，自己反受其害。

《史記．項羽本紀》：「楚兵罷食盡，此天亡楚之時也，不如因其機而遂取之。今釋弗擊，此所謂養虎遺患也。」

甕中捉鱉

從大罈子裏捉鱉魚，比喻想要捕捉的事物已在掌握之中；形容手到擒來，輕易而有把握。

元．康進之《李逵負荊》第四折：「這是揉着我山兒的癢處，管叫他甕中捉鱉，手到拿來。」.

懸崖勒馬

懸崖：高而陡的山崖；勒馬：收住韁繩，使馬停步。在高高的山崖邊上勒住馬，比喻到了危險的邊緣及時清醒回頭。

清．紀昀《閱微草堂筆記》：「此書生懸崖勒馬，可謂大智矣。」

膽小如鼠

膽子小得像老鼠，形容非常膽小。

《魏書．汝陰王天賜傳》：「言同百舌，膽若鼷鼠。」

亡羊補牢

亡：逃亡，丢失；牢：關牲口的圈。羊逃跑了再去修補羊圈，還不算晚。比喻出了問題以後想辦法補救，可以防止繼續受損失。

《戰國策・楚策》：「見兔而顧犬，未為晚也；亡羊而補牢，未為遲也。」

井底之蛙

井底的蛙只能看到井口那麼大的一片天空，比喻見識淺薄的人。

《莊子・秋水》：「井蛙不可以語於海者，拘於虛也。」

犬馬之勞

願像犬馬那樣為君主奔走效力，表示心甘情願受人驅使，為人效勞。

如魚得水

好像魚得到水一樣，比喻有所憑藉，也比喻得到跟自己十分投合的人或對自己很合適的環境。

《三國志・蜀書・諸葛亮傳》：「孤之有孔明，猶魚之有水也。」

羊腸小道

羊的腸子特別長，特別細，彎彎曲曲。用此形容山路崎嶇，指曲折而極窄的路，也指道路狹窄而清冷險峻。

唐・唐玄宗〈早登太行山中言志〉：「火龍明鳥道，鐵騎繞羊腸。」

快馬加鞭

跑得很快的馬再加上用鞭子策馬，使馬跑得更快，比喻快上加快，加速前進。

宋・陸游〈村居〉：「生憎快馬隨鞭影，寧作癡人記劍痕。」

車水馬龍

車像流水，馬像遊龍，形容來往車馬很多，連續不斷的熱鬧情景。

《後漢書・明德馬皇后紀》：「前過濯龍門上，見外家問起居者，車如流水，馬如遊龍。」

放虎歸山

把老虎放回山去，比喻把壞人放回老巢，留下禍根。

晉・司馬彪〈零陵先賢傳〉：「璋遣法正迎劉備，巴諫曰：『備，雄人也，入必為害，不可內也。』既入，巴復諫曰：『若使備討張魯，是放虎於山林也。』璋不聽。」

狗急跳牆

比喻壞人在走投無路時豁出去，不顧一切地搗亂。

《敦煌變文集・燕子賦》：「人急燒香，狗急蓦牆。」

臥虎藏龍

指隱藏着未被發現的人才，也指隱藏不露的人才。

北周・庾信〈同會河陽公新造山地聊得寓目〉：「暗石疑藏虎，盤根似臥龍。」

非驢非馬

不是驢也不是馬，比喻不倫不類，什麼也不像。

《漢書．西域傳下》:「驢非驢，馬非馬，若龜兹王，所謂騾也。」

風聲鶴唳

唳：鶴叫聲。形容驚慌失措，或自相驚憂。

《晉書．謝玄傳》:「聞風聲鶴唳，皆以為王師已至。」

狼奔豕突

豕：豬；突：猛衝。像狼那樣奔跑，像豬那樣衝撞，形容成羣的壞人亂沖亂撞，到處騷擾。

明．歸莊《萬古愁》:「有幾個狼奔豕突的燕和趙，有幾個狗屠驢販的奴和盜。」

狡兔三窟

狡猾的兔子準備好幾個藏身的窩，比喻隱蔽的地方或方法多。

《戰國策．齊策四》:「狡兔有三窟，僅得免其死耳。」

馬到功成

形容工作開始不久就取得成功。

元．鄭廷玉《楚昭公》第四折：「只願你馬到功成，奏凱而還。」

笨鳥先飛

比喻能力差的人怕落後，做事比別人先動手。

元・關漢卿《狀元堂陳母教子》第一折：「我和你有個比喻：我似那靈禽在後，你這等笨鳥先飛。」

殺雞取卵

卵：蛋。為了要得到雞蛋，不惜把雞殺了，比喻貪圖眼前的好處而不顧長遠利益。

魚龍混雜

比喻壞人和好人混在一起。

唐・佚名〈和漁夫詞〉其十三：「風攪長空浪攪風，魚龍混雜一川中。」

雞口牛後

寧願做小而潔的雞嘴，而不願做大而臭的牛肛門。比喻寧在範圍小的地方自主，不願在範圍大的地方聽人支配。

《戰國策・韓策》：「臣聞鄙諺曰：『寧為雞口，無為牛後。』」

聞雞起舞

聽到雞叫就起來舞劍，後比喻有志報國的人及時奮起。

《晉書・祖逖傳》：「中夜聞荒雞鳴，蹴琨覺，曰：『此非惡聲也。』因起舞。」

鴉雀無聲

連烏鴉、麻雀的聲音都沒有，形容非常寧靜。

調虎離山

比喻用計使對方離開原來的地方，以便乘機行事。

明・許仲琳《封神演義》第八十八回：「子牙公須是親自用調虎離山計，一戰成功。」

鶴立雞羣

像鶴站在雞羣中一樣，比喻一個人的儀表或才能在周圍一羣人裏顯得很突出。

晉・戴逵〈竹林七賢論〉：「嵇紹入洛，或謂王戎曰：『昨於稠人中始見嵇紹，昂昂然若野鶴之在雞羣。』」南朝梁・劉義慶《世説新語・容止》：「嵇延祖卓卓如野鶴之在雞羣。」

驚弓之鳥

被弓箭嚇怕的鳥不容易安定，比喻經過驚嚇的人碰到一點動靜就非常害怕。

一丘之貉

丘：土山；貉：一種形似狐狸的野獸。一個土山裏的貉，比喻彼此同是敗類，沒有什麼差別。

《漢書・楊惲傳》：「若秦時但任小臣，誅殺忠良，竟以滅亡；令親任大臣，即至今耳，古與今如一丘之貉。」

天馬行空

天馬：神馬。天馬奔騰神速，像是騰起在空中飛行一樣，比喻詩文氣勢豪放，也比喻人做事只憑想象，不踏實。

元・劉廷振〈薩天錫詩集序〉：「其所以神化而超出於眾表者，殆猶天馬行空而步驟不凡。」

心猿意馬

心意好像猴子跳、馬奔跑一樣控制不住，形容心裏東想西想，安靜不下來。

漢・魏伯陽《參同契》注：「心猿不定，意馬四馳。」唐・許渾〈題杜居士〉：「機盡心猿伏，神閑意馬行。」

汗牛充棟

書運送時牛累得出汗，存放時可堆至屋頂，形容藏書非常多。

唐・柳宗元〈陸文通墓表〉：「其為書，處則充棟宇，出則汗牛馬。」

老馬識途

老馬認識路，比喻有經驗的人對事情比較熟悉。

《韓非子・説林上》：「管仲、隰朋從於桓公伐孤竹，春往冬返，迷惑失道。管仲曰：『老馬之智可用也。』乃放老馬而隨之，遂得道。」

呆若木雞

呆得像木頭造的雞一樣，形容因恐懼或驚異而發愣的樣子。

《莊子・達生》：「幾矣。雞雖有鳴者，已無變矣，望之似木雞矣，其德全矣；異雞無敢應者，反走矣。」

來龍去脈

原指山脈的走勢和去向，後比喻一件事的前因後果。

杯弓蛇影

將映在酒杯裏的弓影誤認為蛇，比喻因疑神疑鬼而引起恐懼。

狐朋狗黨

泛指一些吃喝玩樂、不務正業的朋友。

元·關漢卿《關大王獨赴單刀會》第三折：「他那裏暗暗的藏，我須索緊緊的防，都是些狐朋狗黨。」

虎背熊腰

形容人身體魁梧健壯。

元·無名氏《飛刀對箭》：「這廝倒是一條好漢，狗背驢腰的，哦，是虎背熊腰。」

金蟬脱殼

蟬變為成蟲時要脱去一層殼，比喻用計脱身，使人不能及時發覺。

元·關漢卿《錢大尹智寵謝天香》第二折：「便使盡些伎倆，千愁斷我肚腸，覓不的個脱殼金蟬這一個謊。」

飛蛾撲火

飛蛾撲到火上，比喻自取滅亡。

《梁書·到溉傳》：「如飛蛾之赴火，豈焚身之可吝。」

狼心狗肺

形容心腸像狼和狗一樣兇惡狠毒。

明・馮夢龍《醒世恆言・李汧公窮邸遇俠客》:「那知這賊子恁般狼心狗肺,負恩忘義。」

狼狽為奸

比喻互相勾結幹壞事。

馬革裹屍

馬革:馬皮。用馬皮把屍體裹起來,指在戰場上英勇犧牲。

《後漢書・馬援傳》:「男兒要當死於邊野,以馬革裹屍還葬耳,何能臥牀上在兒女子手中邪?」

蛇鼠一窩

形容蛇和鼠住在同一個窩裏,比喻人與人之間同流合污,狼狽為奸。

《新唐書・五行志》:「龍朔元年十一月,洛州貓鼠同處。」

鳳毛麟角

鳳凰的羽毛,麒麟的角,比喻珍貴而稀少的人或物。

《南史・謝超宗傳》:「超宗殊有鳳毛。」《北史・文苑傳序》:「學者如牛毛,成者如麟角。」

鹿死誰手

原比喻不知政權會落在誰的手裏，後泛指在競賽中不知誰會取得最後的勝利。

《晉書．載記．石勒下》：「朕若逢高皇，當北面而事之，與韓彭鞭而爭先耳；朕遇光武，當並驅於中原，未知鹿死誰手。」

畫蛇添足

畫蛇時給蛇添上腳，比喻做了多餘的事，非但無益，反而不合適。

與狐謀皮

謀：商量。跟狐狸商量要剝它的皮，比喻跟惡人商量要他放棄自己的利益，絕對辦不到，又作「與虎謀皮」。

《太平御覽》卷二〇八：「周人有愛裘而好珍羞，欲為千金之裘而與狐謀其皮；欲具少牢之珍而與羊謀其羞。言未卒，狐相率逃於重丘之下，羊相呼藏於深林之中，故周人十年不制一裘，五年不具一牢。」

聲色犬馬

聲：歌舞；色：女色；犬：養狗；馬：騎馬。形容有權有勢的人荒淫無恥的生活方式。

清．蒲松齡《聊齋志異．續黃梁》：「聲色狗馬，晝夜荒淫，國計民生，罔存念慮。」

黔驢技窮

黔:今貴州省一帶;技:技能;窮:盡。比喻有限的一點本領也已經用完了。

龍精虎猛

來源於粵語，比喻精力旺盛，鬥志昂揚。

陳殘雲《山谷風煙》第二十一章:「大家一夜沒睡覺，到如今還是龍精虎猛，表現了兄弟姐妹們對地主的仇恨。」